你认得字吗?

我只认得几个字，不过，还在学习。

这些和孩子们在认字过程中的记忆，是我最重要的家庭记忆。

送给愿意跟孩子们一起保持学习乐趣的成年人们。

張大春

認得幾個字

雖然只是幾個字，
卻含藏了豐富，
我們的世界
都在裡面。

虽然只是几个字，却含藏了丰富的文化。

我们的世界，都在里面。

認得幾個字

● 張大春

认得几个字

张大春 —— 著

广西师范大学出版社
·桂林·

字宇

十年来，《认得几个字》的读者们

这是一本有体温的书，文字学的体温。目录上看起来无一字不识，翻开来是父亲教儿女认字，但其实是小学。即使是最熟悉的字，也有你完全想不到的意义在其中。这是一本成人之书，而且是一本颇深的成人之书。但很有意思的是只要你翻看这本书，就会一直看下去，因为这里有两个小孩子，一个叫张容，一个叫张宜。

——阿城（作家）

这本书的用心绝不在书名所谓"认得几个字"那么谦虚，张大春对"字"的重新认识是一种拯救汉语的尝试，一种试图恢复汉语文字的鲜活力量的尝试。我们现在的汉语教育已经把大众的语言能力弄得如此贫乏。在这样的背景下，我们都应该感谢张大春写了这样一本关于"认字"的书。

——梁文道（媒体人、作家）

读《认得几个字》，是让我们明白，只要愿意，只要付出时间跟心力，可以透过一个简单的字来思考自己跟世界的关系。这本书让我们感受到随时有机会可以重建我们跟中文字之间的热情的关系，假如你是父母亲那更要读了。你自己看到任何一个字，就可以思考它背后的世界，还有思考这个世界跟你之间的关系。那到最后就真的可以达成我们一直强调的"更大的世界，更好的我"这个目的。

——马家辉（媒体人、作家）

书中让我伤怀的地方，都是写父子情深的章节。这是一本最好的亲子书。他说他只是教几个字，我以为他在阅读孩子、怀念父亲，这是我喜欢这本书的地方。

——潘采夫（专栏作家）

《认得几个字》是我最喜欢的育儿书。张大春谈论一些汉字的来龙去脉，跟一对子女的成长故事结合在一起，又有趣，又有知识，让人理解汉字的构造和意义，并开始建立一种在审美之上的对汉字的爱，非常适合中学生阅读。

——蔡朝阳（"麻辣语文教师"）

十年前我在做汉字产品开发时，读到大春老师的《认得几个字》，我就被深深吸引了。自己读完也推荐给同事读。识字竟然可以成为一段难忘的亲子时光，这本书给了我很大的触动。我做"小象汉字"就是受到了《认得几个字》的启发，我是这本书的"头号"粉丝。

——刘良鹏（汉字启蒙教育者）

女儿快六岁了，我没有急着教她认字，她倒经常指着些不认识的字问我。我希望她对这些字的第一印象，我向她所作的第一次解释，是原汁原味、生动有趣的。当我看到《认得几个字》，更感深得我心。这本书就是张大春教他两个孩子认字过程的"记录"。不光有趣、有文化，而且，诚如阿城在序中所言，还有"体温"。

——谭庭浩（媒体人）

张大春在《认得几个字》里趣味、幽默的讲述，其价值不仅在于吸引孩子对某个"字"的关注，更是对中国文化传承、生命万物周而复始的思考和书写。

——2009年度新浪"中国好书"颁奖辞

《认得几个字》是张大春变尽魔术要让孩子写字、识字的斗法过程，温馨、慧黠又令人捧腹。说到底，家庭是人与人之间的关系，其实教育，亦不过是一种人与人之间的关系。我真希望世上家长都看看这书。

——缓慢（豆瓣读者）

在这本书中，与我们一同识字的是张容和张宜两位小朋友，让人深感一位父亲的可爱和用心良苦。或者，也是一位作者对读者的用心良苦。我不知道有多少人像我一样，因为这些小文，突然对那些繁琐的文字不再畏惧，反而心生向往。我想，这也是作者写下这本书时所期望的吧。

——神威（豆瓣读者）

目 录

第一辑

对于认字这件事，我们往往想得太简单

第二辑

透过一个字，思考自己和世界的关系

第三辑
字的教养剧场

第四辑

认得几个字，认得几个好朋友

序 小学的体温

阿城

1992 年我在台北结识张大春，他总是突然问带他来的朋友，例如：民国某某年国军政战部某某主任之前的主任是谁？快说！或王安石北宋熙宁某年有某诗，末一句是什么？他的这个朋友善饮，赤脸游目了一下，吟出末句，大春讪讪地笑，说嗯你可以！大春也会被这个朋友反问，答对了，就哈哈大笑；答不出，就说这个不算，再问再问。我这个做客人的，早已惊得魂飞魄散。

我想起 1969 年，上山下乡去云南，长途卡车上，尘土中，一个新结识的朋友突然问我尼康相机某款点二八的镜头的焦距是多少。我想当下如此仓皇，问这个干什么，而且我根本不知道世界上有这么一种相机，就说不知道。这个朋友随即说出焦距数，接着向我持续说明尼康相机的各种专业数据，逼得我问他说这些是什么意思！他说，我只是在练我的记忆力，默记不行，一定要说出来，最好是向别人说出来，说过三遍，绝对就记住了。十多年后，我第一次见到一台尼康相机，扑哧笑了。

张大春的《认得几个字》，目录上看起来无一字不识，翻开来是父亲教儿女认字，但其实是小学，即汉代的许（慎）郑（玄）之学，再加上清朝的段玉裁。章太炎先生当年在日本东京教授小学，鲁迅、周作人兄弟趋前受教。对于中文写作者来说，汉字小学是很深的知识学问。如果了解一些其中的知识，千万不要像前面张大春那样考别人，如果别人反考你，即使是最熟悉的字，也有你完全想不到的意义在其中。

所以这是一本成人之书，而且是一本颇深的成人之书。但很有意思的是只要你翻看这本书，就会一直看下去，因为这里有两个小孩子，一个叫张容，一个叫张宜。是的，你会认为两个小孩子的名合起来是"容易"的意思。大春当然也很"谦虚地称这本书为认得几个字"。把那么不容易的内容讲给大春自己的一儿一女，他们的反应是读者最关心的，也是这本书最吸引人的地方。说实在，我认为这两个小孩子相当剽悍，原因在于初生牛犊不怕虎。

读这本书时会疑惑，究竟我们是在关心汉字文字学，还是在关心父、子、女的关系？读完了，我告诉自己，这是一本有体温的书。文字学的体温。当年章太炎先生教小学，也是有体温的，推翻帝制的革命热血体温。

不过令我困惑的是这样一本繁体字的书，如何翻印成简体字而得让不识繁体字的人读得清楚？因为简体字是谈不上小学，也就是中文文字学的。这就不免让人想起繁简之争。

绝大多数拥护简体字的人说出的简化中文字的理由是方便书写，这意味着这部分人将中文字仅视为工具。我认为这是一大盲点，既是盲点，早晚是要吃亏的。

中国历史上第一次公开提倡使用简体字的人是陆费逵，1909年，他在《教育杂志》创刊号上发表《普通教育应当采用俗体字》。1922年，钱玄同在国语统一筹备委员会上提出《减省现行汉字的笔画案》，它提出的八种简化汉字的方法，实际上是现行简体字的产生依据。1932年，国民政府教育部公布出版国语筹备委员会编订的《国音常用字汇》，指出"现在应该把它（简体字）推行，使书写处于约易"。1935年，钱玄同主持编成《简体字谱》草稿，收简体字2400多个。同年8月，国民政府教育部采用草稿的一部分，公布《第一批简体字表》，不过第二年2月又通令收回。同时，上海文化界组织"手头字推行会"，发起推行"手头字（即简体字）"运动。1936年10月，容庚《简体字典》出版，基本上本自草书。同年11月，陈光尧出版《常用简字表》，约一半本自草书，一半来自俗体字。1937年，抗日战争爆发，简体字运动停顿。1950年，中华人民共和国中央人民政府教育部社会教育司编制《常用简体字登记表》。1951年，在登记表的基础上，拟出《第一批简体字表》，收字555个。1952年，中国文字改革研究委员会成立。1954年年底，文改委在简体字表的基础上，拟出《汉字简化方案（草案）》，收字798个，简化偏旁56个。1955年，国务院成立汉字简化方案审订委员会。同年 10 月，讨论通过《汉字简化方案（修正草案)》，收字减少为 515 个，简化偏旁减少为 54 个。1956 年 1 月 28 日，《汉字简化方案》经汉字简化方案审订委员会审订，由国务院全体会议第 23 次会议通过，31 日在《人民日报》正式公布，在全国推行。这一年，我上小学一年级。

如果说上述旨在文字简化，就错了，文字简化只是阶段，最终目的在文字拼音化。钱玄同认为传统汉字"和现代世界文化格不相入"，主张"学校从教字起直到研究最高深的学术，都应该采用拼音新字，而研究固有的汉字，则只为看古书之用"。瞿秋白则认为白话文运动不彻底："要写真正的白话文，要能够建立真正的现代中国文，就一定要破除汉字采用罗马字母。"1950 年，毛泽东说过："拼音文字是较便利的一种文字形式。汉字太繁难，目前只作简化改革，将来总有一天要作根本改革的。"1957 年，吴玉章领导的文改会曾拟定《汉语拼音文字方案》上报国务院。上世纪初对于中文罗马字母化，赵元任曾作一篇《施氏食狮史》讽刺过。

我则是先学注音字母"波波摸佛"，又改学罗马拼音字母的"波波摸佛"，再后来又改读"阿掰猜呆"，幸亏有点小聪明，都学会了。

对于中文作家来说，中国新文化运动的前辈们，积极推动白话文，推动简体字，推动中文拉丁字母化，还有一项现在不提了，就是大众语，也就是"我手写我口"。鲁迅先生是积极的支持者。当时还有世界语运动，我小时候甚至也接触过世界语，因为自己笨而失望，中断了。

拉杂写这些，是由张大春的《认得几个字》出简体版而发。我认为文字，中文字，只将它视为工具，是大错误。中文字一路发展到现在，本身早已经是一种积淀了，随着文化人类学的发展与发现，这种积淀是一笔财富，一个世界性的大资源。这一点，在大春的这本书里，体现得生动活泼，让我们和书中的两个小孩子一起窥视到中文字的丰富资源。一个煤矿，一个油田，一亩稻子，我们知道是资源，同样，中文字也是资源，不可废弃。简化字的提出和最终实行，说明我们的思维是狭窄的、线性的，是一种达尔文主义的世界观。将简体字视为先进工具，在电脑输入的今天，这个理由已经不存在，而且从脑科学的图形辨识实验中我们知道，区别大的形，易于辨识记忆，区别小，则易混淆。

只有将中文字视为一种资源，我们才能从繁简字的工具论的争辩中摆脱出来，准备成为现代人。

感谢大春写了这样一本书。

本文为 2009 年《认得几个字》简体版序

自序　你认得字吗?

我的女儿刚念上大班不多久的某一天，忽然对我说："你知道我们班'吴颖姗'的名字怎么写吗?"我说不知道——直到我写这篇文字之际，都不敢十分确认那位同学的名字怎么写。即便在写下"吴颖姗"三字的时候，心中尚不免惶恐，仿佛对那位小朋友有一种"失敬失敬"的歉意。可是我还记得女儿当时得意的表情，她说："我会写。"

"怎么写呢?"

她表情严肃地告诉我："'影'就是影子的'影'，'山'就是爬山的'山'。"

我说："那么'吴'呢?"

她想了想，说："就是很吴的吴。"

"什么叫'很吴的吴'?"

"就是很吴的吴就对了，你不要问那么多好吗?"

我并没有比她高明多少。基于对当代国人命名的一点常识或成见，我猜想那姓名是"吴颖姗"三字的几率要比"无影山"大很多。同样地，直到我仔细问过老师，才知道"李育绅"不是"李玉生"、而"董承需"不是"董成沛"。我们以为我们已经认识的人、了解的字、明白的意义总会忽然以陌生的姿态出现，吓我们一跳。

小孩子识字的过程往往是从误会开始。利用同音字建立不同意义之间的各种关系，其中不免望文生义，指鹿为马。倘若对于字的好奇穷究能够不止息、不松懈，甚至从理解中得到惊奇的快感以及满足的趣味，或许我们还真有机会认识几个字。否则充其量我们一生就在从未真正认识自己使用的文字之中"滑溜"过去了。

几年以前，我在所任事的九八电台网站上开了个讨论的栏目，就叫"识字"。开始的时候十分随兴，每天读书之余，随手撷拾一些罕见的语词，或者是常见而易生误会的语词，拿来当成题目，考考那些原本已经算是并不陌生的网友。有趣的不是考倒别人，而是怎么反映自己——几乎每一个题目，都出于我自己在不了解字、词的时候所生的误会。在这里，先举几个题目作例子：

一、"识荆"是：

1. 荆人、拙荆都是指妻子，识荆就是初次结识自己的妻子之时。

2. 与人初次见面。

3. 发现别人的缺点或拙劣之处。

4. 认识草木名物，引申为格物博学之意。

二、"谷驹之叹"是：

1. 君王感叹错失任用贤人的机会。

2. 贤人感叹自己不受重用。

3. 山谷里的马被圈养，不得自由奔驰之叹。

4. 御苑的马走失于旷野之中，不得为人驰驱之叹。

三、"宦情"是：

1. 做官的志趣、企图或意愿。

2. 内廷太监之间的相怜相惜。

3. 官场的风气、情态。

4. 官吏间社交的景况。

以上何者为非？

四、"棨戟"〔qǐ jǐ〕是：

1. 官吏出行时就用兵器作为前导的仪仗，只是在显示拥有者的威仪而已。

2. 用木材制成，讲究的还披覆赤色或黑色的缯衣，并不具备杀伤力。

3. 康熙赐给王辅臣的"蟠龙豹尾枪"，可以视为一种特殊的"棨戟"。

4. 在惩治犯了重大过错的家奴时可以动用。

以上何者为非？

五、"水嘴"是：

1. 喜欢造谣生事的人。

2. 喜欢说闲话、漫无节制的人。

3. 喜欢数落地位比自己低下的人。

4. 喜欢今儿东、明儿西，思想、语言不连贯的人。

六、"蚁绿"是：

1. 有浮沫的酒。

2. 新醅尚未发酵的酒。

3. 青果酿的酒。

4. 冬日启封的酒。

七、"犹来无止"一语中的"犹"是：

1. 如同

2. 尚且

3. 从

4. 可以、能够

哪一个意思？

八、"起复"是：

1. 官员遭父母丧，守制尚未期满而应召任职。

2. 明、清以后官常：父母丧满期后重行出来做官。

3. 向官厅提出告诉被驳回之后再提申覆。

4. 恢复、康复。

以上何者为非？

九、"荒信"是：

1. 未经证实的消息。

2. 无法投递的邮件。

3. 饥馑灾变时四散的流言。

4. 误信。

十、"裂陕"是：

1. 周初周、召二公分陕而治，周公治陕以东，召公治陕以西。

2. 陕在今河南省。

3. 朝廷大员出任地方官长。

4. 让有竞争心的人才在公共事务上一决雌雄。

以上何者为非？

上列十条仅仅是我私藏题库的数十百分之一，看起来和中学生语文课的"评量"试题有些近似，然而，其间最大的差异在于：出"评量"题的先生们或许总知道答案，我却不同，我隔一段时间回头再到电脑档案里叫出这些题目来答，一样猜得七零八落，未必及格，而且往往错在掉进自己设计题目时最得意的陷阱里。

这种题目落在基测命题教授或是升学班老师的手上不见得有一点价值，他们会先考虑：这是什么程度或难度的材料？有没有符合生活化的要求？是不是现代社会常用的语汇资料？以及，还可不可能再刁钻一点？而我一而再、再而三地重做这些题目，或者是扩充整个儿题库的目的，完全是为了自己一面读书、一面发现从我幼年开始认字之时就已经挥之不去的那些认知情境上的误会。举个例子来说，我的父亲跟人介绍我母亲的时候从来都说"这是我'家里'"，而不说"这是我太太"。他认为称自己的妻子为"太太"是一种僭越、托大，我则一直以为母亲不上班就是因为她老被父亲摆在"家里"。

后来读了点儿书，我才明白，称妻为"家里"是宋代人就有的习惯。而父亲给人写信提到母亲，自然也不会写"我太太""我老婆"，他都写"荆人""拙荆"——现代的大女人会挞伐的一种蔑称。但是从我认得了"荆"这个字以后，它就跟"母亲""中年妇人"甚至"眷村里走来走去的妈妈"分不开了。

"荆"之为妻称，大约是从"荆钗布裙"而来，这个词最早出现于六朝，也是在宋人语言环境中才熟极而流的一个成语。或许此字在作为"某人之妻"这个意义上已经死了，以后再也不能借由任何"沙猪"之魂魄而翻生了。可是，对我而言，这个字"有妈妈的味道"。它是我生命中一个形象活跃的字。所以我自己在乍读"识荆"二字的时候，会想到"初次结识自己的妻子"。这当然是一个错误的答案，在这个答案里，埋伏着我最早接受的伦理教育。

在纸上放大了写下那个"荆"字的时候，我父亲是这么说的："得是个大人物的老婆，才称得起'太太'呢。"

"那如果我将来是个大人物了呢？"

"那也不可以叫你自己的老婆'太太'，要叫，还是叫'家里''荆人''拙荆'。"

"为什么？"

"连字也不认得几个，你以为你老几呀？"父亲说。

和"荆"字紧紧连在一起的记忆是出自《诗经·小雅·白驹》的"谷驹之叹"。这个词之于我而言，重要的不是它的意义、用法、来历以及相关的历史或文化背景，而是在那个不及三坪大的小客厅里，父亲用他从家塾师傅那里学来的吟诵之声："皎皎白驹，贲然来思。尔公尔侯，逸豫无期。慎尔优游，勉尔遁思。"吟诵完了，抚掌大笑。这几句是《白驹》诗的第三章，表面上是说一个君王用封公封侯来征辟贤者，但喜欢讲究"美刺"之说的解经家也会说，这里头寓藏了反讽之笔，不免蕴含着讥刺这个君王不能实时留贤、任贤之意。

但是父亲之所以抚掌大笑，不是为了诗中的本意，原来是他和这几句诗的关系——父亲号"东侯"，小时顽皮不喜欢背正书，经常逃学，塾里的老夫子就一面拿小藤条抽他的屁股，一面改了这首《白驹》第三章里的一个字，变成："尔东尔侯，逸豫无期。慎尔优游，勉尔遁思。"如此一来，这四句诗的意思完全改了，变成："你张东侯一天到晚就知道贪玩，不节制，你还是不要散漫得太过分，也不要再逃学了！"我一直到大学读《诗经》，才发现从来没有正确地理解过这一首诗。父亲小时顽皮的情景，我是从这误解上才得以揣摩明白的。

父亲教我许多词汇的时候不一定是正儿八经的。如今回想起来，我不免以为：即便当他神情严肃、笔画工整地在纸上详细写下一个字的形音义、批注、相关的典故之际，有时恐怕还掺和着恶作剧的成分。"宦情""榎楚"，皆属此类。我还记得我拿这两个词向他请教的时候，他先不答，只说："怎么不去查查《辞海》？"我说："问你比较方便。"是方便——但是代价不小。父亲每听我这么说，就会乱以他语。"宦情？""那就是说太监不能结婚生子谈恋爱，只好自己人跟自己人交情交情。""榎楚？""就是小孩子发懒不好好读书，拿个棍子来狠狠来上一顿。"

这样回答一听就很不诚恳，我说："是你胡诌的吧？"他则仍旧表情严肃地说："胡问是胡诌之母。为什么不去查书？有那么方便就到手的学问么？你随口问，我随口答，咱爷儿俩耍水嘴子么！"水嘴，漫无边际地闲扯也。

"查查字典！"是父亲几乎每天都要说的话。有时跟我说，有时跟他自己说。"字典"之于他——在很多时候——甚至是一切书籍的代名词。我就亲见过不止一回，当他说"查查字典罢！"之后，立刻从摇椅里站起来，回身就书架上拿下《二十五史》的某一分册，或是他推测其中可能找到答案的某一本书。

有一回爷儿俩冬夜对饮，讲起白居易那首著名的《问刘十九》，四句大白话："绿蚁新醅酒，红泥小火炉。晚来天欲雪，能饮一杯无？"父亲忽然自言自语说："这奇怪了，酒泡儿怎么会是绿的呢？查查字典。"这一回，《辞海》没能帮上什么忙，词条底下确实引了白居易的《问刘十九》，还有另外两个什么诗人的作品，然而酒也好、酒的浮沫也好，为什么会是绿的？却没有解释。多了一点聊胜于无的线索是教咱们去查另一个词条：浮蚁。来到"浮蚁"上，又多了一个词：浮蛆。浮蛆的确也是指酒面的浮沫，也的确连欧阳修都用这个词儿写过诗："瓮面浮蛆泼已香。"可是，却没有任何一条解释能说明，那绿色从何而来？

酒喝多了的人说话喜欢重复，想来是要借着重复的言语随时重温着醺醺然的快意罢？那一天父亲就不断地说："这酒，怎么看也不是绿的呀？这酒，怎么看也不是绿的呀？"

如果搜求得够深入、够广泛，或者我们的好奇够持久，或许蚁之所以为绿这一类的答案总会在某时某刻出现。然而从另一面看，认字的本质却又似乎含藏着很大的"误会"成分在内。我们在生活之中使用的字——无论是听、是说、是读、是写，都仅止于生活表象的内容，而非沉积深刻的知识与思想。穷尽人之一生，恐怕未必有机会完完整整地将听过、说过、读过、写过几千万次的某个字认识透彻。

我还记得读研究所的时候，有一回在"经学选读"课上，所长王静芝老师要大家提问，我实在提不出什么问来，硬着头皮随口抓瞎，便说："《诗经》里到处是虚字，这些虚字有没有使用上的惯例？"老实说，这是一个无事生非、毫无意义的问题，纯粹就是为了应卯而拿捏出来的虚话。

王老师忽然指着桌面上摊开的《诗经》说："你去翻一翻《魏风·陟岵》(zhì hù)，三章章末的'犹来！无止！''犹来！无弃！''犹来！无死！'。那个'犹'，就是可以、能够的意思。可是，到了《大雅·常武》，'王犹允塞，徐方既来'，'犹'字在这里成了'谋划'的意思；到了《小雅·小旻》，'匪先民是程，匪大犹是经'，这'犹'字又成了'道途'之意了。你再去看《周颂》的最后一首，《般》：'嶞(duò)山乔岳，允犹翕(xī)河'，这里的'犹'，又是顺着、同于的意思了。谁说虚字一定是虚字呢？"

由于许多字还没能来得及被使用的人全面认识，用字的人往往便宜行事，想当然耳地以常用意义包揽成这个字的全面意义。多年前大陆某知名散文家闹了个"致仕"的笑话——他从字面上拆解这两个字，拼凑成"做官"或"求官"的意思——却不明白这个词里的"致"，是"归还"的意思，致仕，其实是把权柄、禄位归还给君王之意。这一点，辩无可辩，《春秋·公羊传·宣公元年》有说，《孟子·公孙丑下》亦有说。

我自己也不止一次地出过这样望文生义的纰漏。我已经进大学中文系念书的某一天，父亲忽然把一册高阳的小说递过来，用黑签字笔在"起复"一词旁边画了一道直杠，笑着问我："这是什么意思呀？"我应声答说："不就是恢复了，起来了吗？"紧接着我的脑袋瓜子上就挨了一书本。父亲还是笑着，说："查查字典！"

另一回发生在我自己已经站在讲台上教书的时候。有一回讲到每一种阅读经验受当代生活用语之影响，而形成了令人难解的意义隔阂。我举了《红楼梦》作例子。书中曾经提到"公分当铺"，今人一见这当铺之名，很可能会疑窦忽生：当时的当铺怎么会使用公制呢？事实上，此处的"公分"应该是自诩能与顾客利益均沾之意。当堂之上，我念诵了备课时摘出来的例句："薛姨妈哭着说：'……前两天还听见一个荒信，说是南边的公分当铺也因为折了本儿收了。要是这么着，你娘的命可就活不成了！'不料学生却举手插嘴说："'荒信'是什么？听不懂。"我愣了一下，没想到的问题猛可冒出来，想都不想，我便答说："不就是闹灾荒的地方传来了流言嘛？"

当然不是，此处的"荒"，实则同于不择时而乱啼的"荒鸡"之"荒"——我转念一想，自己正在胡说八道呢！可是话已出口，收不回来了。难受了一个礼拜，直到下一堂课上，才硬着头皮道歉。

可是，我实在不知道当时那一班的学生会不会基于动物行为学家康拉德·劳伦兹（Konrad Lorenz）所声称的铭印作用（imprinting），而一直记得我的胡说八道，至少我自己总是会把"郴江幸自绕郴山，为谁流下潇湘去"的"郴"（音"嗔"）字读成"彬"；总会把"祎"（音"依"）字念成"伟"，总是把"敹"（音

"班")字念成"分"。把"陕"这个古地名想成是在今天的陕西，而非河南。

之所以误读、误写、误以为是，其深刻的心理因素是我们对于认字这件事想得太简单。生命在成长以及老去的同时，我们觉得自己已经脱离了"某一个阶段"或"某些个阶段"，一如豆娘伸长了翅膀、蝉蜕了壳儿那样，认字这个活动应该已经轮到儿孙辈的人去从事、去努力了。往往也就在这个时候，我们的心智开始萎缩，我们的语言趋于乏味，我们被口头禅包围攻占乃至于侵蚀、吞噬。

你认得字吗？我只认得几个字，不过，还在学习。

文中十个题目的答案是：
一、2　二、1　三、2　四、4　五、2
六、1　七、4　八、3　九、1　十、4

第一辑

对于认字这件事，我们往往想得太简单

我想要告诉他的不只是一个字，而是这个字背后一点一点透过文化累积而形成的价值观。

张宜画

2007.7.2. 宜

张宜画

复活蛋设计　张容画

张宜画

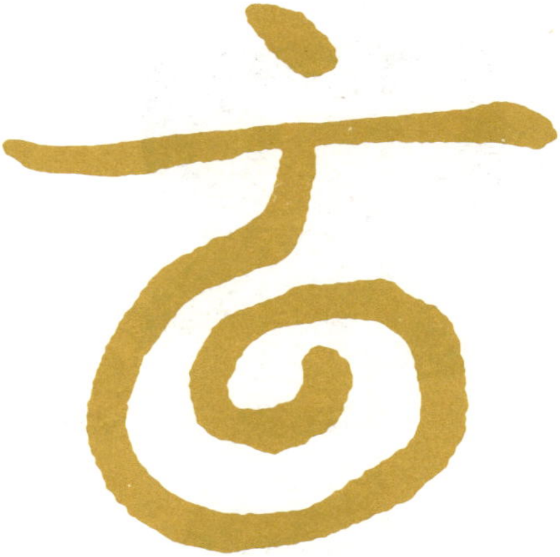

01

恒河沙数

　　七岁的儿子数学考了六十九分，他说："你以前不是都考零分的吗？"我说："你不能跟我比。"能比，还是不能比呢？这是一个比哈姆雷特的天问还难以作答的问题。我自己学习数学的兴趣完全被打消掉的那个情境至今历历在目。小学二年级的一次月考，我的数学考了八十六分。当时全班考一百分的占了一多半，我被老师特别叫进办公室，站在混合着酸梅味儿的油墨纸张旁边给敲了十四下手心。老师的理由很简单：不应该错的都错了，全是粗心的缘故，为了记取教训而挨几下。所以一百减去八十六等于十四、一百减去十四等于八十六，这是我用膝盖反射都会作答的一个题目。

　　我要不要为了让孩子记取粗心的教训而给他来上三十一下手心呢？To be or not to be？我猜想一阵疼痛并不能讨回几分细心的——起码我自己到现在还是经常丢三落四，而四十多年前挨了打之后能记得的顶多是老师办公室里弥漫着酸梅一般的油墨味儿。我能做的只是小心地问一声："考这个分数会不会让你对数学没兴趣了？"

"不会啊！"他说。

"为什么？"

"我还想知道什么数字最大，比一万还大。"

"十万就比万大了，你不是学过吗？个十百千万十万——"

"再大呢？"

"十万、百万、千万，一样进位进上去。"

"再大呢？"

"万万更大。万万不好说，就说成'亿'，从前中国老古人叫'大万''巨万'，都是这个意思，一万个一万就上亿了，亿是万的一万倍。"

"比亿再大呢？还有吗？"

"十亿百亿千亿万亿，到了万亿就换另一个字，叫'兆'。"

他一寸一寸地放宽两只手臂，瞪大的眼睛，似乎是跟自己说："还有比兆大的吗？十兆、百兆、千兆、万兆，那万兆有没有换另一个字？"

"'万兆'就叫'京'了。"我其实不知道我说得对不对，我只知道我的父亲在我小时候是这么教的，我甚至依稀记得，亿以上的数字就有"十进制""万进位"甚至"亿进位"等不同的说法。究竟"亿"是"十万"还是"万万"，"兆"是"万亿"还是"亿亿"，

"京"是"万兆""亿兆"还是"兆兆",我根本不能分辨。但是儿子似乎无暇细究,他只对更大的数字的"名称"有兴趣。

"那再大呢?"

我的答案也是我父亲在四十多年前给的答案:"那就是'恒河沙数'了。"

过了几天,我侧耳听见这一堂数学课的延伸成果,我不算满意,但是至少孩子忘记了六十九或一百这样的小数字——儿子跟他五岁的妹妹说:"有一个叫作印度的国家里面有一条很长很长的河,叫恒河。恒河里究竟有几颗沙子呢?你数也数不清,是不可能数得清的,就说是'恒河沙数',就是很大很大的意思,懂吗?"

这个妹妹在几分钟以后就会应用了,在游戏之中发生争执的时候,她跟哥哥说:"我会一脚把你踢到恒河沙数去!"

恒河

[篆书]

恒，德之固也。——《易经·系辞下传》

张容想知道什么数字最大，我的答案也是我父亲在四十多年前给的答案：恒河沙数。

02

创造

伟大的造物主是如何开始创造这个世界的？我现在相信，最合理的解释是从扭着腰肢和屁股开始的，扭着扭着，就创造了——

我儿子张容和我念同一所小学，由于是天主教会创办的学校，很重视"世界是如何创造出来的"这个议题。四十年来，学校对于世界创造的看法一点儿没变，我儿子把我小学上"道理课"的那一套搬回家来，为我复习了一遍。你知道的，太初有道云云，上帝工作了六天云云……

我想转移话题，就说："要不要认一两个字，比方说'创'啦、'造'啦的。"

我是有备而来的："创"这个字直到先秦时代，都还只有"创伤""伤害"之意。说到"创造"之意，都写成"刱"，或者是"剙"，像《战国策·秦策》里说起越国的大夫文种，为越王"垦草刱邑"者是。唯独在《孟子·梁惠王下》里有那么一句："君子创业垂统，为可继也。"看来与"首开""首作"之意略近，可是仔细查考，发觉古本的《孟子》也没有用这个"创"字，古本写的是"造业垂统"。

至于"造"，比较早的用法也同创始的意义无关，无论在《周礼》《孟子》或《礼记》里面，这个字都只有"到""去""达于某种境界"或者"成就"的意思，好容易可以在《书经·伊训》里找到一句"造攻自鸣条"，孔安国传解"造"为"始"（从鸣条这个地方起兵攻伐夏桀），除此之外，更无一言及于"世界的开始"。不过，我始终认为，从"创伤"或"到某处"这个意义流衍的过程应该让孩子们体会得更清楚。

然而，张容和他还在同校念幼儿园的妹妹关心的不是字，而是"在最早最早的时候发生了什么事"。张容认为科学家对于宇宙起始的解释（那个著名的"大霹雳"论述）丝毫没有办法说明他所关心的"起源问题"。我顺水推舟说："科学家大概也不能说明大霹雳之前宇宙的存在状况罢？那么我们就不讨论这个问题，来讨论讨论字怎么写好了。"

"字没有用啊，字不能解决问题啊！"他说。

"好吧，那你说，到底是谁解决了创造世界的问题呢？是科学的解释比较合理，还是宗教的解释比较合理？"

"如果有那样一个大爆炸的话，总该有人去点火吧？"张容说，"我认为还是上帝点的火。"

我转向妹妹张宜，近乎求助地希望她能对写字多一点兴趣。

"上帝在创造人类以前，总应该先创造他自己吧？"妹妹比画着捏陶土的姿势说，"如果他没有创造自己，他怎么创造人呢？"

听她这样说，我直觉想到她这是从陶艺课捏制小动物而得来的联想。她接着扭起身体来，说："上帝如果没有先创造自己的手，怎么可能创造人呢？他只有一个头、一个身体，这样扭扭扭扭——就把自己的手先扭出来了。"

附　　　张容"创造"的第一首诗：

你们留下了——给毕业班的学长和学姐

你们就要离开了
可是你们却留下了
你们留下了校园
留下了教室
留下了课桌椅和黑板
还有亲爱的老师

你们就要离开了
可是你们却留下了
你们留下了歌声
留下了笑声
留下了吵闹和读书声
还有离别的祝福

創

[金文]

君子创业垂统，为可继也。——《孟子·梁惠王下》

伟大的造物主是如何开始创造这个世界的？

从扭着腰肢和屁股开始的，扭着扭着，就创造了。

03

赢

我总是记得一些没用的事，比方说最早在一个什么场合之下学到一个什么字。

像"卫"这个字，就是我还在幼儿园上大班的时候，有一天晚饭上桌之前，我父亲指着我刚拿回家来的一张奖状，念了半句"查本园幼生——"便停下来，露出十分困惑的表情，说，"怪了，怎么是'幼生'呢？你知道这'幼生'是什么意思吗？"我当然不知道。他又皱着眉头想了半天，才说："应该是'卫生'才对呀！怎么变成'幼生'了呢？"接着，他一点一画地用筷子蘸着暗褐色的五加皮酒在桌面上写下了"卫"字。"卫生"是什么？是我父亲拐弯儿抹角跟我玩儿语言的一个重要的起步。他解释："一定是因为你洗脸都不洗耳朵后面，又不喜欢刷牙，洗澡嘛一沾水就出来，怪不得你们老师给你个'幼生'，不给你'卫生'。"老实说，为了能得到一张有"卫生"字样的奖状，我的确花了很多时间洗脸、早晚刷牙并且确实洗澡。

这种没有用的琐事记多了有个缺点，你会很想把它再一次实践到你的生活里来。

不久之前，张容的学校举行运动会。他跑得真不错，姿势、速度都比得阿甘*，一口气拿了两面金牌。这两场赛跑对于我家的日常生活影响深远。我在劝他吃鸡蛋、喝牛奶、早一点去睡觉甚至努力刷牙的时候，都有了更精确而深具说服力的理由："你如果如何如何，就能够长得更好、更壮、更有耐力——跑得更快。"

可是过了几天，就有一个不知打哪儿冒出来的念头崇动着了——该就他最喜欢的运动让他认个字吧？依我自己的经验，倘或不是深切关心的意思，总也不容易把一个字讲好。对于张容那样专注、努力地跑，应该让他认个什么字呢？

最后我选了一个"赢"字。那是我对运动或者其他任何一种带有竞争性质的事十分深刻的焦虑。关于跑，如果前面不带一个"赛"字，我很难想象有谁会没来由地发动腰腿筋骨，所谓"拔足狂奔"。然而，一旦求胜、求赢，想要压倒对手、想要取得奖牌，这似乎是另外一件事——张容在参加运动会之前，对于"六十公尺短跑"和"大队接力"一无所知，只知道拼命往前跑，"像巴小飞那样"（就是《超人特工队》里的小男孩 Dash）。可是一旦站上领奖台，金牌环胸，他笑得完全不一样了——就像一不小心吃了

---

* 电影《阿甘正传》的男主角。——编者注

禁果而开了眼界的那人，猛里发现了附加于"跑"这件事上一个新的意义、新的乐趣。

我趁空跟张容说"赢"。"赢"最早的意思大约不外乎"赚得""多出""超过"这样的字义群组，稍远一点的解释也和"多余而宽缓、过剩而松懈"有关。所以我特别强调，"赢"在原始意义上有"不必要"的特质。我想说的是：跑步不应该出于求赢的企图，而竞争是远远处于运动之外的另一回事。

"如果，"最后我问，"如果没有比赛不会得到金牌，也不会领奖，也不会有人拍手照相，你还会努力跑用力冲吗？"

我理想中的答案当然是"会呀！"。一个爱跑步的人不应该只想赢过别人罢？

不过张容的答案却是："那还有什么意思？"

他妹妹说得更干脆："神经病呀！"

赢

嬴

[金文]

赢，贾有余利也。——《说文解字》

"赢"在原始意义上有"不必要"的特质。我想说的是：跑步不应该出于求赢的企图，而竞争是远远处于运动之外的另一回事。

04

揍

几十年前，每当我仰着头，跟父亲问起我爷爷这个人的任何事，他总说得极简略，末了还补一句："我跟他关系不好，说什么都不对的。"这话使我十分受用，起码在教训儿子的时候不免想到，这小子将来也要养儿育女的，万一我孙子孙女问起我来，得到的答案跟我父亲的言辞一致，那么，我这一辈应该就算是白活了。

可即使再小心谨慎，在管教儿女这件事上，必有大不可忍之时。人都说孩子打不得，吼吼总还称得上是聊表心意，然而我现在连吼两声都有"忾然内惭"之感，尽管有着极其严正的管教目的，也像是在欺凌幼弱，自觉面目狰狞得可以。如果有那么一天，蓦然回首，发现居然有一整个礼拜没吼过孩子，就会猛可心生窃喜：莫不是自己的修养又暗暗提升了一个境界？

吼孩子当然意味着警告，我的父亲在动手修理我之前惯用的词儿是"我看你是差不多了"，在这之前是"你是有点儿过意不去了，我看"，在这之前则是"叫你妈说这就是要挨揍了"。三部曲，从来没有换过或是错乱过台词。至于我母亲，没有那么多废话，她就是一句："你要我开戒了吗？"

有一回我母亲拿板子开了戒，我父亲手叉着腰在一旁看热闹，过后把我叫到屋后小天井里，拉把凳子叫我坐了，说："揍你也是应该，咱们乡里人说话，'谁不是人生父母揍的？'揍就是生养的意思，懂吗？"乡里人说话没讲究，同音字互用到无法无天的地步，没听说过吗——"大过年的，给孩子揍两件新衣服穿。"无论如何，揍，不是一个简单的字。

挨板子当下，我肯定不服气。可后来读曹禺的《日出》，在第三幕上，还真读到了这么个说法："你今儿要不打死我，你就不是你爸爸揍的！"翻翻《集韵》就明白，乡里人不是没学问才这么说话——"揍，插也。"

念书时读宋元戏文，偶尔也会看见这个"揍"字。在古代的剧本里，这是一种表演提示，意思就是一个角色紧接着另一个角色唱了一半儿的腔接唱，由于必须接得很紧密，又叫"插唱"。仔细推敲，这"插"的字义又跟"辐辏""凑集"的意思相关。

试想，轮圈儿里一条条支撑的直木叫"辐"，"辐"毕集于车轮中心的"毂"，这个聚集的状态就叫"辏"，的确也带来一种"插入"的感觉。如此体会，曹禺那句"你就不是你爸爸揍的！"别有深意——却不方便跟年纪幼小的孩子解释得太明白——可别说我想歪了，乡里之人运用的那个"搂"字，的确就是"插入"的意思。"插入"何解？应该不必进一步说明了。

正因为这"搂"字还有令教养完足之士不忍说道的含义，所以渐渐地，在我们家里也就不大用这话，偶尔地听见孩子们教训他们的娃娃玩偶，用的居然是这样的话："再不听话就要开扁了！"不过，语言是活的，谁知道这"开扁"之词，日后会不会也被当成脏话呢？

揍

揍

[篆书]

揍，插也。——《集韵》

语言是活的。无论如何，揍，不是一个简单的字。

05

卒

象棋盘上，就属这个子儿令张容困扰不已。第一，他唯独不认识这个字；第二，这个字看来有点儿丑；第三，它总是站在兵的对面——尤其是中央兵对面的，一旦祭出当头炮，总会挡一家伙的那个——特别令他看不顺眼。

我说卒就是兵，如果《周礼》的记载可靠，春秋时代每三百户人家会编成一个大约一到两百人的武力单位，这些最基层的军人就叫"卒"。

"卒"，除了作为一个最低级的武力单位之外，我们在形容末尾、终于、结局、停止甚至死亡的时候，也往往用这个字。就算先不去理会那些比较不常见的用法和读音，我还是将作为"士兵"这个意义的卒字和作为"末了""死亡"等意义的卒字跟张容说得很清楚，这里面是有一点想法的。我想要告诉他的不只是一个字，而是这个字背后一点一点透过文化累积而形成的价值观。

讲究的中国老古人命名万物之际，曾经刻意联结（或者混淆）过一些事物。在《礼记·曲礼》上就记载着："天子死曰'崩'，诸侯死曰'薨'，大夫曰'卒'，士曰'不禄'，庶人曰'死'。"大夫这个阶级的人一旦死了，仿佛就自动降等到士这个阶级的最末——这是一个序列转换的象征——生命时间的终了即是阶级生活的沦落；同样的，士这个阶级的人一旦死了，就以"停止发放俸给"（不禄）来描述之。看起来，这两个阶级的人的死亡是具有一种牵连广泛的"社会属性"的。所以到了唐代以后，官称还延续这个机制，凡是举丧，三品以上称"薨"，五品以上称"卒"，六品以下至于平民才叫"死"。

往下看，庶人生命的结束看来也没有值得一顾的内容——"死"这个字是带有歧视性的，在更古老的时代，寿考或封建地位高的"君子"之人过世了，得以"终"字称之，配不上"终"字的小民和中寿以下就往生的，才称为"死"。

"是因为要打仗，所以兵和卒才会排在最前面吗？"张容比较关心的是棋盘。

"是吧。后面的老将和老帅得保住，不然棋局就输了。"说这话的时候我还暗自揣摩，猜想，从这个卒字也许可以让他了解很多，关于战争的残酷，关于"一将功成万骨枯"的讽喻，甚至关于制造兵危以巩固权力的坏领袖，等等。

"我不喜欢兵和卒。"张容继续撇着嘴说，神情略显不屑。

"因为他们是最低级的武士吗？"我一时有些愕然。

"我觉得他们不应该在最前面。"

"的确，他们总是在最前面，一旦打起仗来，总是先牺牲掉他们。"

"不是，我觉得他们就是不应该挡在前面。这样挡着，'帅'跟'将'就不能决斗了。"他说时虎着一双眼，像是准备去参加火影忍者的格斗考试。

卒

[甲骨文]

天子死曰"崩"，诸侯死曰"薨"，大夫曰"卒"，士曰"不禄"，庶人曰"死"。——《礼记·曲礼》

从这个"卒"字也许可以让他了解很多。我想要告诉他的不只是一个字，而是这个字背后一点一点透过文化累积而形成的价值观。

06

乖

　　我手边还留着些中学时代的课本，有时翻看几眼，会重新回到三十多年前的课堂上——而我经常回去造访的，是高二时魏开瑜先生的语文课。除了语文，魏先生好像还是位开业的中医师。这温柔敦厚的谦谦君子，偶尔上课的时候会说两句笑话，乍听谁都笑不出来，因为没有人相信他居然会说笑话。

　　有回说到"乖"这个字，他说："这是个很不乖的字。"最早在《易经》里，有"家道穷，必乖"的说法，从这儿开出来的解释，"乖"字都有"悖离""违背""差异""反常""不顺利""不如意"的意思。

　　魏先生在堂上说到此处，大约是想起要引用什么有韵味的文字，便开始摇头晃脑地酝酿起情绪来。过了片刻，吟念了一段话："故水至清则无鱼，政至察则众乖，此自然之势也。"吟罢之后，又用他那浓重的福州腔普通话说了一大套，大意是说，这一段话原本是从《礼记》里变化出来的，可是《礼记》的原文是"水至清则无鱼，人至察则无徒"。前一句完全一样，后一句怎么差这么多？

"'人至察则无徒'跟'政至察则众乖'是一样的吗？"魏先生从老花镜上方瞪圆了眼睛问，"你考察女朋友考察得很精细，是会让她跑掉呢？还是会让她变乖呢？"

我记得全班安静了好半晌，才猛可爆起一阵惊雷也似的呼声："变——乖！"

"那么你女朋友考察你考察得很精细，是会让你跑掉呢，还是会让你变乖呢？"

我们毫不迟疑地吼了第二声："跑——掉！"

"你们太不了解这个'乖'字啦！"魏先生笑了起来，接着才告诉我们，主导政治的人查察人民太苛细，是会让人民流离出奔的，"乖"就是"背弃而远离"之意，"无徒"是人民背弃远离，"众乖"也一样。至于男女朋友之间，不管谁查察谁，恐怕也都会招致同样的结果。

在我的语文课本的空白处于是留下了这样一句怪话："谁察你你就乖"。

有人解释唐代李廓的《上令狐舍人》诗："宿客嫌吟苦，乖童恨睡迟。"说"乖"字是聪明机灵甚至驯服的意思，我不认为乖字有这么早就变乖。就各种文献资料比对，起码到了王实甫的《西厢记》里，"乖性儿"指的还是坏脾气呢。此外，在元人的戏曲之中，表示机灵的"乖觉"这样的字眼才刚刚诞生。冯梦龙形容爱人为"乖亲"，也是明朝的事了。

　　这个字之所以到了近代会有一百八十度的转变，我认为是从一代又一代的父母对孩子的"悖离""违背"之无奈叹息而来。当父母抱着好容易闹睡的孩子叹说"真是乖（坏的意思）啊！"的时候，其实是充满了疲累、怨怼和无奈的。然而，孩子毕竟还是睡着了，不是吗？抱怨的意义也就变得令人迷惑了。

　　张容对他妈妈最新的承诺是这样的："到母亲节那一天，我会表现得乖一点。"

　　他妹妹及时察觉这话很不寻常，且牵涉到她的权益，马上严肃地问她哥："我也需要这样吗？"

乖

[篆书]

家道穷，必乖。——《易经》

你们太不了解这个"乖"字啦！

这是个很不乖的字。

07

公鸡缓臭屁

"增加文言文的教材比例"似乎变成了家长们对于台湾十年教改之不耐所祭出的一枚翻天印。望重士林文苑的教授先生们异口同声地说：唯有增加文言文教材比例，才能有效提高学生们的语文竞争力和审美能力。

这事可不能人云亦云，而且说穿了会尴尬死人的。试问，哪一位教授或者作家能挺身而出，拿自己"文言文读得够多了"当范例，以证明提高文言文比例是一桩刻不容缓的盛举呢？或者反过来说，这些教授作家们是要把大半生的成就当作反面教材，认定自己就是因为文言文读得不够，才写到今天这个地步来的吗？

正因为每个人的写作成就不同——像我就认为同在支持提高文言文比例之列的余光中和张晓风两位，根本不是一个等级的作家，而李家同与文学的距离恐怕比我与慈善事业的距离还要远一点——这样把古典语文教育当群众运动来鼓吹，不是宽估了自己作为一个作家的专业论述价值，就是高估了自己作为一个公共人物的影响力，或者，根本低估了语文教育的复杂性。

语文教育不是一种单纯的沟通技术教育，也不只是一种孤立的审美教育，它是整体生活文化的一个总反映。我们能够有多少工具、多少能力、多少方法去反省和解释我们的生活，我们就能够维持多么丰富、深厚以及有创意的语文教育。一旦反对"教育部"政策的人士用"教育部长"的名字耍八十年前在胡适之身上耍过的口水玩笑，除了显示支持文言文教材比例之士已经词穷之外，恐怕只显示了他们和他们所要打倒的对手一样粗暴、一样媚俗、一样没教养。

"笨蛋！问题是经济。"的确是选举语言，克林顿一语点破了对手执政的困境，不是因为这是一句鄙俗的话，而是它唤起了或挑破了美国公民确实的生活感受。我们可以同样拿这话当套子跟主张提高（或降低）文言文教材的人说："笨蛋！问题是怎么教。"有些时候，那种执意在课堂上强调、灌输、酝酿、浸润的玩意儿，未必真能得到什么效果。

我女儿念过两个幼儿园，课堂上居然都教唐诗，不但教背，还教吟；不但吟，还要用方言吟；不但小班的妹妹学会了，她还教给了念一年级的哥哥。我自己为了进修认字，偶尔写些旧体诗，可是就怕我枯燥的解说挫折了孩子们对于古典的兴趣，所以从来不敢带着孩子读诗。有一回我儿子问我："你写的平平仄仄平是不是就是妹妹唱的唐诗？"我想了半天，答称："不是的，差得很远。"

"那你能不能写点好玩的？"他说，"像妹妹唱的一样好玩？"

接着兄妹俩来了一句："公——鸡——缓——臭、屁！"

直到他们同声吟完了整首诗，我才知道，那是《登鹳雀楼》："白日依山尽，黄河入海流。欲穷千里目，更上一层楼。"我趁机解释："依"字和"入"字是动词，在前两句第三个字的位置。可是到了三、四句，动词跑到每句的第二个字"穷"和"上"了，是不是有上了一层楼的感觉呀？

他们一点儿兴趣都没有，只反复朗诵念着他们觉得好玩儿极了的一句，并且放声大笑："公——鸡——缓——臭、屁！"

那是闽南语，意思是："王之涣作品"。孩子们不要诗，他们要笑。你不能让他们笑，就不要给他们诗。诗，等他们老了，就回味过来了。我觉得幼儿园教对了，也并非因为那是"王之涣作品"，而是因为孩子们自己发现的"公鸡缓臭屁"。

送给孩子的字

文言

[草书]

白日依山尽，黄河入海流。欲穷千里目，更上一层楼。——王之涣
《登鹳雀楼》

孩子们不要诗，他们要笑。你不能让他们笑，就不要给他
们诗。诗，等他们老了，就回味过来了。

08

城狐社鼠

有一天我练习毛笔字，想着当日的政治新闻，不觉写下"城狐社鼠"的字样，就顺便指给孩子们看这成语里的两种动物。不是为了教他们什么，而是我喜欢看他们从字里寻找实物特征的模样。然而说到孩子们写字，是会引人叹气的——

一个七岁的孩子能把字写得多么好？我所见者不多，就不能说了。但是相对而言，一个七岁的孩子能把字写得多么糟？我可是天天都在见识着的。有一回我实在忍不住，跟张容说："你写的字，我真看不下去。"

他立刻回答："我知道啊。"

"你是怎么知道的呢？"

"老师也是这样说的。"

他的老师头一次撕他的作业本子的时候，我非常不谅解。担心这对他的信心会有很大的伤害——虽然直到此刻，我还不能确认那样一把撕掉好几张作业纸会是完全无害的——但是我相信另一端的论理更糟，而且伪善。一位知名的科学研究工作者兼科普作品翻译者曾经发表了一篇文章，大意是说，没有必要逼着孩子把字写好。她的理由很多，其中之一是："反正现在连手机按键都能输入中文了，何必还坚持手写文字呢？"

我之所以能拜读到她这种怪论，恰恰同撕作业本事件有关。当我向学校反映"老师不该撕学生本子"之后，学校教学辅导单位大概也觉得应该有另类的教学作为或想法来跟个别的老师沟通，于是发下了这样一篇文字，让老师和家长都参考参考。可是当我读完了这篇大作之后，反而吓得手脚发软了起来——直想在第一时间向我原先抗议的那位老师道歉。更不期然顶着科学研究之名的学者，对于教育松绑的实践，竟然已经到了这样令人发指的地步！

这让我想起来同一个逻辑之下的另一批人：人本教育基金会算是指标了，他们当道了这么些年，所搞的那一套，说穿了就是"不作为的随机应变"。这样的教育工作者先凝聚一批彼此也摸不清教育手段究竟伊于胡底的"清流"，大伙儿殊途同归地修理各式各样具有强制训练性质的教育传统和策略，反正打着"不打孩子"的大旗，就像是取得了进步潮流的尚方剑。如此，这批人士结合了种种具有时髦政治正确性的社会运动者，推广着一套大人发懒、小孩发呆的野放教育哲学，"森林小学"因之而流行了一整个学习世代，大约不能说没有发迹。

可是这种机制发展到后来，要不要卖教学产品呢？当然还是要的——恐怕这还是早就设计好的愿景呢！建构式数学教材卖翻了，孩子们的数学能力反而更加低落。家长们最困扰而不愿意面对的是，孩子成了肉票，家长当上肉头。那些个主张快乐学习的改革者全成了白痴教育的供货商，每隔一段时间还不忘了跑出来摘奸发伏，说某家某校又在打孩子。偏也就有主张鞭刑教育的混蛋，还真给这种单位提拨媒体曝光的机会。

这就是"城狐社鼠"。表面上说，是借着权势为非作歹的官僚或贵戚，人们投鼠忌器，也就纵容无已。更深微的一点是，这些混蛋所倚仗的城、社有时未必是一个政党或政治领袖，而是谁都不肯多想就服膺了的公共价值，比方说，不可以打孩子。要知道，打着不打孩子的招牌，还是可以欺负孩子的。就像打着科学的招牌，居然会轻鄙书写活动一样，大模大样欺负着我们的文化。

鼠

[金文]

且夫狐者，人之所攻也；鼠者，人之所燻也；臣未尝见稷狐见攻，社鼠见燻，何则？所托者然也。——刘向《说苑》

这就是"城狐社鼠"。表面上说，是借着权势为非作歹的官僚或贵戚，人们投鼠忌器，也就纵容无已。

09

黑

今天这篇文字会让我想到薇薇夫人或是马它。如果读者不知道这两位是谁，可以继续看下去。

我在部落格上收到一封信，大意如此：

> 有个很迫切的问题想请教你。我儿子已十个月大，即将进入牙牙学语的阶段，在民进党急欲"去中国化"的情况下，我很担心将来我儿子的中文一塌糊涂。我知道你对培养自己小孩的文学基础有一套方法，在不同的阶段有不同的读物，可否请你详细地告诉我，从现在开始，到小学前，我该如何在每个阶段让小孩分别接触哪些书？每阶段不同书的顺序又是如何？拜托了，大春兄。谢谢啦！
>
> 一个忧心小孩将来忘根的父亲

我的答复是这样的——

每个家庭的焦虑程度不同，我说不上来该有什么值得提供给任何非我家人的朋友应该干吗的建议。因为连我自己对于我的老婆孩子的中文程度该如何，或者是该提供给他们甚至我自己一些什么样的教育，我都说不上来。

在我自己家里，就只只一样跟许多人家不同，那就是我们有长达两个小时的晚餐时间。全家一起说话，大人孩子分享共同的话题。有很多时候，我会随机运用当天的各种话题，设计孩子们能够吸收而且应该理解的知识。最重要的是在提出那学习的问题之前，我并不知道他们想学什么、不想学什么，该学什么、不该学什么。

忽然有一天，我儿子问我："你觉得这个世界上占最多的颜色是什么？"我想了一会儿，说："是黑色罢？"我儿子立刻点点头说："对了！你说的应该没错。这个宇宙大部分的地方是黑的。"他刚满七岁，小一生，我从来没有跟他谈过"黑暗物质""黑暗能量"，也不认为他读过那样的书。但是那天我很高兴，不是因为他说得对——也许我对宇宙的了解还不够资格说他对或不对——但是我有资格说，他开始思考宇宙问题的习惯，真让我感动。

重要的不是中文程度或任何一科的程度，重要的也不是哪一本书，或哪些是非读不可的好书，重要的是你和你的孩子能不能一顿晚饭吃两个钟头，无话不谈——而且就从他想学说话的时候开始。

看到这里，如果读者诸君还是不知道薇薇夫人或马它是谁，就表示你年轻得不必担心教养问题了。薇薇夫人和马它是我最早接触到在媒体上公开解答他人生活疑难的专栏作家。从情感、家庭、职场到化妆、保养和健身，多年以来，她们一定帮助过不少人。

但是所有的生活疑难总在降临之际重新折磨一个人。我其实没有回答那位忧心小孩忘根的父亲，我恐怕也不能回答任何一个总体上关于文化教养的问题。而且，就在我回帖之后立刻有了解我素行如何的知音人前来提醒："有机会跟儿子说话时注意自己的谈吐水平和内容，孩子是面团，家长是印模，久之自会从孩子身上看到自己的模印成绩。"

宇宙是黑的，想它时偶尔会他妈的发亮。

黑

黑，火所熏之色也。——《说文解字》

重要的不是中文程度或任何一科的程度，重要的也不是哪一本书，或哪些是非读不可的好书，重要的是你和你的孩子能不能一顿晚饭吃两个钟头，无话不谈——而且就从他想学说话的时候开始。

10

对话觔斗云

孩子的每个疑问一旦问到最后，大人总只有一个答案："我不知道。"我相信在几十年后，我的孩子一定会想起，他爸爸什么都不知道。

直到我要告诉张容"觔〔jīn〕斗云"是什么之前，并不太认识这个"觔"字。只记得在古书古语之中，它有时同于"筋力"的"筋"字；有时同于"斤两"的"斤"字。俗说的"翻跟斗""栽跟斗""栽跟头"也让"觔"和"跟"有了可通之意。稍稍翻查翻查，顶多了解唐人的记载中，"觔斗"写成"觔兜"，似乎与今人的语感没什么关系。张容想知道的是"觔斗"跟"云"是怎么结合起来的？这似乎不是一个单字的问题。

当初在《西游记》第二回中叙道，"灵台方寸山、斜月三星洞"里的须菩提祖师让悟空表现所学，悟空"弄本事，将身一耸，打了个连扯跟头"——所谓"连扯跟头"，就是今天的连续空翻吧？——

祖师说："我今只就你这个势，传你个'觔斗云'罢。"小说里接着按下个伏笔，让祖师其他的弟子们一个个嘻嘻笑道："悟空造化！若会这个法儿，与人家当铺兵、送文书、递报单，不管哪里都寻了饭吃。"

悟空毕竟没有创立"宅急便"这一行，但是张容恰恰也因悟空众家师兄的笑谑，而在尔后的故事里平添了疑惑："为什么悟空不能用觔斗云载着大家一起去西天取经呢？这样不是很省事吗？就算一次载不了那么多，也可以分一批一批地去呀？"

我说："这么省事哪儿还来那么多故事呢？取经的路上东玩玩、西看看，碰上了妖怪抓来扁一扁，不是很有意思吗？"

"你是说'过程比结果重要'，对不对？"

"这是陈腔滥调，我没说。"

"那为什么不可以用觔斗云去取经？"

"你看悟空学道的地方，叫作'灵台方寸山'，'灵台''方寸'，意思就是我们每个人的心，所以孙悟空练的是一个心法，他练的不能用在你身上，也不能用在我身上，也不能用在唐三藏身上——"

"也不能用在猪八戒身上，"他说，"猪八戒太胖了。"

"你明白意思就好。"

"为什么孙悟空的心法不能用在别人身上？"

"每个人的心法都不能用在别人身上。像觔斗云，是因为孙悟空原来就会翻'连扯跟头'，一跳离地五六丈高，所以将就他原来这个'势'，须菩提祖师才传了他这个心法的，所以也只有他能学到'觔斗云'。"我以为这样说他就应该满意了。

"那现在学校里为什么不教我们'心法'？"

"我不知道。"

云

[甲骨文]

我今只就你这个势，传你个"觔斗云"罢。——《西游记》

"灵台""方寸"，意思就是我们每个人的心，所以孙悟空练的是一个心法。每个人的心法都不能用在别人身上。

11

幸福

　　"幸福"二字连用，恐怕是宋代以后的事，而且连用起来的意义，也远非近世对于愉悦、舒适、如意的生活或境遇的描述。最早使用"幸福"，应该是把"幸"字当"祈望""盼想"的动词，所以《新唐书·卷一百八十一》说到唐宪宗迎佛骨于凤翔，奉纳于宫中，韩愈写《谏迎佛骨表》，皇帝气得差一点贬死韩愈，可是尽管祈福如此虔诚的皇帝也未能安享天年。史家说："幸福而祸，无亦左乎！"意思就是，求福而得祸，实在是大大地悖拗人意呀！

　　倘若"幸福"二字的连用，能还原成将"幸"字当作动词，应该会给那些终日自觉不幸福或是不够幸福的人一种比较踏实的感觉。道理很简单："幸福"不是一个已完成的状态，是一个渴望的过程——而且往往不会实现。

　　这一个例子来自七岁的张容。首先要说的是，他从来不觉得自己有什么幸福可言。他的妹妹总是抢他的玩具、扰他的游戏，他的妈妈总是订定很多规矩，他的爸爸则往往因为神志受到外星人遥控而忽然发脾气。他于是肯定地说："我不知道幸福是什么。"

我趁外星人一时疏忽而自行脱困以后，问他："要怎样你才会觉得幸福呢？"

这一问让他犹豫了很久。

"有一个阿拉丁神灯就很不错了。"他说，"擦擦灯，叫那个灯神帮我去上课，我就一直一直待在家里一直一直玩，等他回来，再把学到的东西教给我。这样就很幸福了。"

"不上学很幸福吗？"我说。

他想了想，摇摇头，又说："那神灯换成孙悟空好了。"

我点点头："孙悟空有七十二变，对小孩子来说很够用了。"

"我只要筋斗云就好。"张容说。

"只要筋斗云就幸福了吗？为什么？"

"筋斗云跳上去一下子就到学校了，路上不会塞车。"

"上学不会塞车就幸福了吗？"

"早上睡觉可以一直睡，睡饱了慢慢吃早饭，吃到上第一节课前再出门都来得及，都不会迟到。如果早一点到学校，还可以先抄联络簿，就可以开始写功课了。"

"你们是一大早写功课吗？"

"一大早抄了联络簿就知道功课啦。"

"那我觉得还是让阿拉丁神灯帮你上学比较幸福。"

张容又想了想，最后还是决定，有筋斗云比较幸福。因为他喜欢有同学在一起的感觉。我永远不会忘记这一段毫无深刻意义的对话，也因之必须严肃地提醒办学校、搞教育的人通通弄清楚这一点：你们的教材、作业和教学通通不能提供孩子们幸福的祈望和盼想，能够让他们感觉幸福的诱因，可能只有三个字："小朋友"。这是唯一不经由校方提供的资源，也是真正幸福的载体。你们身为师长的要随时谨记这一点！

送给孩子的字

幸福

[金文]

幸福而祸，无亦左乎！——《新唐书·李蔚等传赞》

"幸福"不是一个已完成的状态，是一个渴望的过程——而且往往不会实现。

12

命名

　　我所认识的几个小孩子都曾经"虚构"过自己的朋友。朱天心的女儿谢海盟是其中的佼佼者——她创造出来的小朋友"宝福"一直真实地活在父母的心里，直到幼儿园毕业典礼那天，朱天心向老师打听"宝福"的下落，甚至具体地描述了"宝福"的长相和性格特征，所得到的响应居然是："没有这个孩子。"做妈妈的才明白：女儿发明了一个朋友，长达数年之久。

　　我自己的女儿给她的娃娃取名叫"蔡佳佳"，蔡佳佳的妹妹（一个长相一样而体型较小的娃娃）则取名叫"蔡花"。我和她讨论了很久，终于说服她："蔡花"这个名字不太好听，她让步的底线是可以换成"蔡小花"，可是不能没有"花"。理由很简单：已经决定的事情不能随便更改。"蔡小花很在意这种事情！"——这里有一个值得注意的小分别：虽然"蔡花"只不过是个玩偶，而"蔡小花"已经具备了充分完足的性格。

就在这一对姐妹刚加入我们的生活圈的这一段时期，女儿对她自己的名字"张宜"也开始不满起来。有一天她忽然问我："'páo'这个字怎么写？"我说看意思是什么，有几个不同的写法，于是顺手写了"袍""刨""庖""咆"，也解释了每个字的意思。她问得很仔细，每个字都看了一遍又一遍，最后慎重地指着"庖丁"的"庖"说："这个字还不错，就是这个字好了。"

"这个字怎么样了？"

"就是我的新名字呀！"

"你要叫'张庖'吗？那样好听吗？"我夸张地摇着头、皱着眉，想要再使出对付"蔡花"的那一招儿。

"谁要姓'张'呀？我要姓'庖'，我要叫'庖子宜'。"

她哥哥张容这时在一旁耸耸肩，说："那是因为我先给我自己取名字叫'跑庖'，所以她才一定要这样的，没办法。"

"我给你取的名字不好吗？"我已经开始觉得有点委屈了。

"我喜欢跑步呀，你给我取的名字里面又没有跑步，我只好自己取了。这也是没办法的事呀！"

我只好说"庖"不算是一个姓氏，勉强要算，只能算是"庖牺"（厨房里杀牛？）这个姓氏的一半。

"'厨房里杀牛'这个姓也不错呀？总比'张'好吧？"张容说。

"我姓张，你们也应该姓张，我们都是张家门的人。"

"我不要。"妹妹接着说，"我的娃娃也不姓张，她姓蔡，我也一样很爱她呀。姓什么跟我们是不是一家人一点关系也没有。

妈妈也不姓张。"

他们谈的问题——在过去几千年以来——换个不同的场域，就是宗法，是传承，是家国起源，是千古以来为了区处内外、巩固本根，以及分别敌我而必争必辩的大计。然而用他们这样的说法，好像意义完全消解了。

"你也可以跟我们一样姓庖呀？"妹妹说。

"你就叫'庖哥'好了，这个名字蛮适合你的。"哥哥说。

"对呀！蛮适合你的。"庖子宜接腔做成了结论。

送给孩子的字

名

[金文]

名，自命也，从口从夕。夕者，冥也。冥不相见，故以口自名。——
《说文解字》

他们谈的问题——在过去几千年以来——换个不同的场域，
就是宗法，是传承，是家国起源，是千古以来为了区处内外、
巩固本根，以及分别敌我而必争必辩的大计。

13

考

　　张容念了一年小学，终于能给考试下一个定义了，他说："考试就是把所有的功课在一张纸上做完，而且不能看书、也不要看别人。"接着他神秘兮兮地告诉我，"有几个小朋友看别人的考卷被老师抓到，分数一下子就变成零鸭蛋。"所以，"考试"这件事最重要的内容就是"除了题目，任何东西都不能看地做功课"。

　　作为一个多义之字，"考"的意义发展应该有先后之别。最初，这个字不过就是一个挂着拐棍儿的、披头散发的老人家的象形，《诗经·大雅·棫朴》里的"周王寿考"是也。到了《礼记》里，对于死去的父亲称"考"；在《书经》之中，以成就、成全、完成为"考"；大概也就是"完成"这个意义，征之于普遍人事经验，任何事物完成了，总得验看验看、省察省察。从这一义，大约才能转出刑讯鞫问的"考"，以及审核成绩的"考"。

　　然而，字义的开展无疑也正是这个字某一部分本质的发扬。

在我们的文化里，一个活到很老很老的人，似乎总比那些年轻的更有资格考较他人。唯大老能出题，其小子目不斜视也。

我自己深受考试文化的荼毒，一言难尽。要之就得从上小学的时候说起。大约是我十岁左右那年，听说以后要实施九年"国民教育"了，要废止恶补了，报纸上连篇累牍颂扬其事，真有如日后秦公孝仪在蒋老先生去世之后所颂者："以九年'国民教育'，俾我民智益蒸。"

可是当时我父亲眼够冷，他说："天下没那么好的事。此处不考爷，自有考爷处，处处考不取，爷爷家中住。"这几句从平剧戏文里改来的词儿毕现了我们家默观世事的态度，和"肚子疼要拉屎""一天吃一颗多种维他命"以及"绝对不许骑机车"并列为我们张家的四大家训。

"此处不考爷，自有考爷处，处处考不取，爷爷家中住"一方面也具体显示了我们从不相信公共事务会有一蹴可及于善的运气。以事后之明按之，多少改革教育的方案、计划、政策相继出炉，多元入学、一纲多本、资优培育，到头来"此处不考爷，自有考爷处"仍然是唯一的真理。

我已经是坐四望五之人，没有什么生活压力，也没有非应付不可的工作，一向就不必写任何一篇我不想写的文章，可是到目前为止，我平均一年要做十次以上有关考试的噩梦。有的时候是记错考试日期，有的时候是走错考场，有的时候是背错考题，有的时候是作弊被抓。内容五花八门，不一而足。大部分的时候，我会在梦中安慰自己："不要紧的，你早就毕业了！""你早就不需要学位了！""那个老师已经死了好几年了！"

每当从这样的噩梦醒来，我就觉得我的性格里一定有某一个部分是扭曲的。最明显的一点是：我厌恶种种自恃知识程度"高人一等"的语言。包括当我的电台同事对着麦克风说："一般人可能不了解……"这样普通的话时，我都忍不住恶骂一声："×你×个×！你不是'一般人'吗？"

我上初中的时候，每周一三五表订名目是定期考试，周二周四叫抽考，周六的名目当然就是周考，再加上无日无之的随堂测验，一年不下三百场，三年不止一千场，这样操练下来的结论是什么？我的结论只有一个：当我两鬓斑白之际，看见揉着惺忪睡眼、准备起床上学去的张容，便紧张兮兮、小心翼翼地问他："你还没有梦见考试吧？"

考

周王寿考。——《诗经·大雅·棫朴》

最初，"考"这个字不过就是一个拄着拐棍儿的、披头散发的老人家的象形。到了《礼记》里，对死去的父亲称"考"。在《书经》之中，以成就、成全、完成为"考"。大概从这一义，大约才能转出刑讯鞠问的"考"，以及审核成绩的"考"。

14

淘汰

张容放了学，见到我的第一句话是："今天有世界杯吗？"他的意思当然是足球赛的电视转播。我把当天的赛程告诉他，并且坚决地说，不论战况怎么样，你只能看十五分钟。即使这样说着，我心里头还很笃定：这小家伙根本不可能撑到开赛的。可是看来他也和我们绝大多数从来不关心足球、四年凑一度热闹、却号称是球迷的人一样，并不特别在意赛事，他在意的是："今天要淘汰哪一队？"

我说："不知道加纳和巴西谁会被淘汰。"

"我今天被淘汰了。"张容漫不经心地说。话虽如此，语气却显得十分兴奋。

"怎么淘汰的？"我脱口而出，立刻想到了刚刚举行过的期末考试，便转个念头，跟自己说，不要追问下去，不要显露出在意的样子，不要觉得他就此失去了竞争力，以及"根本不要把小孩子的考试当作一回事"。你知道的，这种自己给自己开的安慰剂分量永远不够。

张容则好整以暇地说："为什么出局啦、不及格啦、被打败啦，这些要说'淘汰'呢？桃太郎不是很厉害吗？"

"'淘汰'和'桃太郎'用字是不一样的。"

中国老古人在"干净"这一方面的要求是有非常复杂的配套系统的。"淘汰"之广泛地应用于人事之甄别裁选是唐代以后才见到的用法，方此之前，所谓的"淘汰"是用水洗涤、过滤杂质的意思。由"淘汰"二字从水可知，涤污除垢所需之水也得有所拣择，要之能淘洗肮脏者，必须是活水，茅屋檐溜之水、东流不竭之水等皆是。用活水洗去不洁是本义，行之既久，便将意思转成了在比较之中筛去不够好的材质，甚至对手。

"但是被淘汰的并不一定就是不好的。有的时候一场竞争下来，说不定是因为一些设计不完整的竞赛规则，或者是错误的裁判，使得竞争的人被冤枉淘汰掉了。"我已经习惯了凡事打预防针，在孩子可能神丧气沮之前活络活络气氛，鼓舞鼓舞精神。

"我知道，有的时候一不小心就被淘汰了。"

我猜想又是语文考试的注音。张容一连几次总是在老师考造句的时候把"冰淇淋"注音注成"彬麒麟"。我说："既然你没学过怎么写'冰淇淋'，可不可以在造句的时候写别的东西呢？"他的答案是不行，因为考试的时候就很想吃冰淇淋，并不会想别的。这时，我故作轻松地问："还是写了'彬麒麟'，对吗？"

"什么？"

"你不是说被淘汰了吗？"

"可是没有什么冰淇淋呀！"

"那是哪一科被淘汰了呢？"

"没有哪一科呀！"张容说，"今天我们体育课和爱班打躲避球，我一个不小心忘记球在哪里，背上就挨了一球，被淘汰出局了。"

他妹妹这时在一旁放了支冷箭："唉！不是我说你，你总是这样不小心。还有你——"她指指我，"你总是这样穷紧张。"

淘汰

[篆书]

解释先圣之积结，淘汰学者之累惑。——《后汉书·陈元传》

所谓的"淘汰"是用水洗涤，过滤杂质的意思。用活水洗去不洁是本义，行之既久，便将意思转成了在比较之中筛去不够好的材质，甚至对手。

15

喻

比喻使人快乐。

打从进学开始，友朋间有雅好谈玄辩奥者，一向让我肃然起敬；但是钻之弥深，言之越切，一旦理路拙于词锋，容易生口角。可是，倘或有擅长取譬成论者，总觉得如熏如沐，而不至困于名理。大约就是在学生宿舍里挑灯扪虱、言不及义的那段时间里，我开始发现："打比喻"是一种冷静沉着的力量，不是太容易的事。

我发勤力学写了几年旧诗，目的就是为了重新认识一遍自己使用了几十年的字，每每一灯独坐，越是朗读、临摹、体会、琢磨，越是觉得中国文字透过辗转相生的意义累积，发展出"无字不成喻"的一套辨认系统。

所以《说苑·卷十一·善说》里有这么一则故事：

有宾客对梁王曰："惠子就是会打比方，你不让他打比方，他什么话都说不上来了。"

梁王第二天见了惠子，就跟惠子说："先生你有什么话、什么理、什么事，但请直说，别打譬喻。"

惠子说："现在有个人，不知道弹弓是个什么东西，一旦问起来：'弹弓长什么样儿？'您要是跟他说：'弹弓就是弹弓的样儿。'这样，他能明白吗？"

梁王说："那是不能明白。"

惠子接着说："那么就换个说法：'弹弓的形状就像弓，但是用竹片作弦。'这样说的话，能够明白了吗？"

梁王说："这样就能够明白了。"

惠子又说："言谈说话不就是这样吗？用人所已经了解的，来说明人所不了解的。如今王不让打比喻，怎么能把话说得明白呢？"

梁王立刻说："明白了。"

这是一段十分幽默的记载，同样的话抬到逻辑学家面前，一定还是会招致申斥，因为纯就逻辑上说，任何模拟推理都是不能成立的。梁王在一听见"今有人于此而不知弹者"却没有及时制止，就表示他已经上当了。尽管，在前一天提醒梁王注意此道的未必是个进谗之人——甚至很可能还是个能够深思熟虑、不为诐辞所惑的智者，但是防范"非合于名理"的真知灼见毕竟不敌譬喻之动摇也疾，浸润也深。

于是，我常常试着在跟孩子们说话的时候，刻意在他们述说了某事之后紧接着试探性地问一声："就好像——？"

有些时候，他们会把要说的事重新说一遍。妹妹张宜往往没有耐心思索，就会说："就这样，没什么好像的。"哥哥在不会打比喻的时候会出现这样的句子："巴小飞跑得很快，就好像什么也不像的他自己一样。"

但是我锲而不舍、试着"点燃譬喻之火"的努力终于有了一点响应。张容忽然跟我说："钢琴底下有一根棍子，弹的时候会把声音变小，就像是走在旅馆的地毯上一样。"他妹妹立刻抢着（像是参加一个譬喻大赛那样）告诉我："我吃的橙子扎扎的，好像三角形尖尖的沙子戳在舌头上一样。"

比喻使人快乐。

俞

［金文］
此字乃古文言叹词，表示允许，为帝王应允臣下之请

君子喻于义。——《论语·里仁》

"打比喻"是一种冷静沉着的力量，不是太容易的事。比喻使人快乐。

16

离

有些字带有魔力，一旦使用，就会登入现实。

我跟张容解释"离"这个字的时候并不带任何人事上的意义。"离合器为什么要叫离合器？"这是他的问题。

我画了一个歪歪斜斜的锥形离合器。先画主动轴——它像一个侧置的马桶吸盘，盘底中间向回凹入一个梯形——再就那凹入的位置嵌上一个戴着相同大小梯形帽子的从动轴。

"一个连续转动的主动轴就是这样驱动一个原先不会动的驱动轴的。"我照着图比画了一阵，"当离合器'结合'的时候，就能够把扭力——也就是旋转力——从主动轴传到从动轴上了。"

张容一脸茫然，只能顺着字面最表层的意思，故作通透明白的样子："那'离开'的时候就不可以了？"我心里则想着，妈的皮克斯公司利用闪电麦昆赚了那么多家长的钞票以后起码可以多花一张小图的成本解释一下离合器里的齿轮之类的东西罢？

"'离'这个字有很多意思。在'离合器'这里，'离'就是对象彼此之间分开的意思，它没有'离开''分手'的意思。"我只好不断叉搭着双手，表演这世界上最原始的离合状态。离、合、离、合……

"反正'离'就是不在一起就对了，'合'就是在一起就对了。"他作结论的意思有时候是表示"不想听下去了"。

"'离'这个字的中文很有意思。这个字有时候还会代表完全相反的意思。"我接着说，"分开、分散、裂解、断绝、分割都可以用'离'字。可是经历了什么事、遭遇了什么状况，也可以用'离'。既是分开，又是结合，明明相反的字义，可是却用同一个字表达。"

"那'离合器'为什么不叫'离离器'？"

这是一个好问题。碰到孩子的好问题，我一向答不出来，只能打发他："'离离'连在一起，就变成形容茂盛、浓密、明亮、清楚有次序的样子，就都不是我们刚才说的那些个意思了。"

这是关于"离"字的小结论。也许就在一二十分钟之后，张宜显然认为她的妈妈弹琴弹得太专心、无视女儿的呼唤，于是她大喊了两句："你不理我我也不要理你了，我要自己出去了！"

这个小女孩于是展开了人生第一次的离家出走。

根据事后她自己的描述，起初她只是在门口站了一下，但是并没人来阻止她或安慰她——"所以我就离开了。"

她出门之后沿着窄窄的人行道爬坡向上走，事后的回忆是这样的："在走路的时候太阳很大，超热的。我本来不知道走了多远，所以有回头看，看自己走了多远，一共回了三次头！"

妈妈在几分钟之后发现女儿坚决出走的心意，真的渐行渐远了，才赶紧追出去，母女俩在阳光地里好像还是争执了好一阵。妈妈把女儿架回来的时候喊我："这女生居然离家出走！"

这么好的天气，为什么不呢？

離

檾

[金文]

离，山神，兽也。——《说文解字》

分开、分散、裂解、断绝、分割都可以用"离"字，可是经历了什么事、遭遇了什么状况，也可以用"离"。既是分开，又是结合，明明相反的字义，可是却用同一个字表达。

17

夔一足

我有一个因为写旧诗而结识的朋友，生性佻达，好侮慢人。即便是古典诗词这么一个小小的、彼此呴〔xǔ〕濡挤暖的圈子，也不忘随时骂人。在职场上，此君当然也不肯随人俯仰，故才学有分无分已不能问，总之是稻粱难谋，自谓："蹇〔jiǎn〕窭未能免俗。"于是一怒出走，看看能否到对岸十三亿人阵中脱颖而出。行前把十多年来辛勤写就的一卷诗稿付我，说是反正没有刊刻的机会，影印送朋友，几个知心人看看、笑笑。我到孩子放暑假才有时间一读，随手展卷，就笑了出来。

那是一首嘲笑他人结社写诗的七律，其中一联："正乐须知夔〔kuí〕一足，邀吟岂聚鼠千头。"我一读再读，还是忍不住哈哈大笑。张容问我为什么那么高兴，我说是好笑，不是高兴。张容说，有多好笑？我几乎冲口而出说：你不会明白的。但是转念一想：为什么他不会明白呢？

在《韩非子·外储说左上·第三十三》以及《吕氏春秋·慎行论之六·察传》都记载了这个故事，主旨是说对于人的言论和人格的整体理解，必须详悉熟议，不要人云亦云。接着这两本书举了相同的例子。鲁哀公问孔子说："尧舜时代那个国家乐师叫作夔的，听说他只有一只脚，是真的吗？"

孔子说："那时候舜要把音乐教育普及于天下，就命令重黎推举了一个名叫'夔'的平民。夔制定了基本音调，'正六律，和五声，以通八风，而天下大服。'重黎又要举荐其他的人，舜却说：'在音乐这个领域，有夔一个人就足够了。'所以说，'夔一，足也'，不是'夔，一足也。'"

但是，文学家往往喜欢独排众说，另辟蹊径。《庄子·秋水》就利用鲁哀公对于"夔一足"三个字的误解写下了著名的寓言："夔怜蚿，蚿〔xián〕怜蛇，蛇怜风，风怜目，目怜心。夔谓蚿曰：'吾以一足趻踔〔chěn chuō〕而行，予无如矣。今子之使万足，独奈何？'……"这个寓言当然还有精彩如武侠小说中高手迭出、洄波迭起的下文，主旨就是说明"怜（羡慕）"这种情感的无穷尽、无际涯、无根由。

然而有趣的起点当然还是庄子诙谐生动地把一个谬误"夔一足"形成了"羡慕蚿（马陆？）"的概念。妙的是在《山海经·大荒东经》里，居然真的出现了这种动物："东海中有流波山，入海七千里，其上有兽，状如牛，苍身而无角，一足。出入水则必风雨，其光如日月，其声如雷，其名曰夔。"

经由不同的动机和书写，"夔一足"这个因无知而形成的语汇有了自己的意义和……"生命"！"夔"居然真的成了个一只脚的怪兽，在神话中呼风唤雨，光照夺目。千古以下，还可以用这个原本就是无知笑话的语词回头与"鼠千头"作成单字巧对，写出"正乐须知夔一足，邀吟岂聚鼠千头"这么扬扬自得、睥睨一世的句子。知者或许不多，赏者却博趣不少，我越看越觉得故人诗句中的孤愤与戏谑都很值得一笑，忍不住扣指击节，大笑起来。

张容听我把这一大套说完，给了我一个闪电麦昆式的皱眉，说："我觉得蛮冷的，没那么好笑。你应该多听相声，相声好笑多了我跟你说。"

夔

[篆书]

夔谓蚿曰："吾以一足踔踔而行，予无如矣。今子之使万足，独奈何？"——《庄子·秋水》

经由不同的动机和书写，"夔"居然真的成了个一只脚的怪兽，在神话中呼风唤雨，光照夺目。

18

值

看来小孩子的耳朵是全方位接收着所有的讯息的。哪些讯息需要储藏、分析、整理、运用——容我斗胆臆测——全凭这孩子的直觉。因为没有任何一个外人能够使用理性的教育工具帮上什么忙。我也经常从孩子忽然冒出来的一句话发现，他们常常"在无意间偷听"我说了些什么，并且立刻抢到应用的机会——张宜在今天这个"值"字上提供了一个例子。

最近我总在跟张容讨论些跟价值有关的问题。他从学校里学习得来的结论是"值得就是有用""值得就是有意义""值得就是不浪费"诸如此类。但是孩子对于语言上的某些逻辑会有"过不去"的怀疑，对于大人强加于他的价值感，他总有闪躲、排除的说法，比方说，"有用的东西很多呀！每一样东西都值得吗？""有意义的事情很多呀，你认为值得，我却不一定认为值得。"甚至"妈妈认为值得买的东西你总说浪费。"诸如此类。

顶嘴为独立思考之始——但是我讨厌小孩子顶嘴。那一天我趁他在游泳池玩得高兴，想起一招儿来，于是借了个题目问他："你自由式练多久了？十个小时有了吧？"他点点头。"练得死去活来，还是只能游十五公尺，值得吗？"他又点点头。"为什么值得？""好玩呀！"

"练会了更好玩吗？"

"会吧？"

"那就是更值得了。"我说，"所以'值'这个字不止一种'值'法儿。"

"值"当然是从"直"而来的。直，除了不弯曲、不歪斜、合乎正义、坦白以及作为对纵、竖之形的描述之外，也有相抵、相当、对上、遇上的意思。

而古典文献里的"值"这个字，最初的用法也都是"遇上""碰到"之意。除了《诗经·陈风·宛丘》里的："无冬无夏，值其鹭羽。"此处的"值"，在旁处少见，是执拿的意思。其余从先秦到汉代，"值"多半都是从"遇上""碰到"衍生出来的"对""当"关系。像"值法"这个词——几乎不晚于"执法"——它的意思是违法、犯法。何以谓之违、何以谓之犯呢？就是有一个明确对立的关系。

你甚至可以这么说：值，对立也。

当我们花一番精力、付一笔钱、寄托一把情感，所彷徨困惑的，总是"不知道究竟值不值得？"值不值呢？那就要看把什么东西安放在这些支出的对立面了。我不懂儿童心理学，也答不出"如何为孩子们建立正确的价值观"这样的题目，但是我很小心地做了一件蠢事。我在游泳池边跟张容玩相扑的时候告诉他：从认得"值"这个字就可以像练习游泳一样练习自己的价值感——无论要做什么，都把完成那事的目的放在自己的对面，清清楚楚看着它，和自己能不能相对？能不能相当？对不对？当不当？而不是同意或者反对大人的看法而已。

　　我明明知道，和一个比自己矮五十多公分的小孩在游泳池边怒目相视、严阵以对地相互推挤是蛮蠢样的，不过，我从张容涨红的脸上看得出来，使尽吃奶的气力和自己的爸爸抗一抗，就算会一步一步被逼落水中，也都是很爽、很值得的事吧？

　　不过，他妹妹在旁边，斩钉截铁地警告他："你再这样浪费体力，等一下就没有生命值练习游泳了我跟你讲！你不要不听话。"

　　生命值？据说是电脑游戏里运用"值"字打造的一个最新的词汇。拜学了！

值

值

[篆书]

无冬无夏，值其鹭羽。——《诗经·陈风·宛丘》

从认得"值"这个字就可以像练习游泳一样练习自己的价值感——无论要做什么，都把完成那事的目的放在自己的对面，清清楚楚看着它，和自己能不能相对？而不是同意或者反对大人的看法而已。

19

做作

　　我上小学的时候，语文老师教导过一个分辨"做"和"作"的方法。所为者，如果是个实体可见之物，则用"做"——像"做一张桌子""做一把椅子"之类；如果是抽象意义的东西，就用"作"——像"作想""作祟"。那么"作文"呢？课表上的"作文课"从来没写成"做文课"，所以明明是一篇具体可见的文章，还是要以抽象意义想定。

　　上了中学，换了老师，又有不一样的说法了。"做"，就是依据某些材料，制造出另一种实物。"作"则不一定有具体可见的材料，往往是凭空发明而形成了某一结果。这样说似乎比小学时代所学的涵盖面和解释力都大一些。但是也有不尽能通之处。比方说，我们最常使用的一个词儿："做人"，如果按照中学老师这个说法，则此词只能有一种解释，就是健康教育课本第十四章没说清楚的男女交媾而生子女之意。那么我们一般惯用的"做人处世"

就说不通了。

要说难以分辨，例子实在多得不胜枚举。比方说："作客"还是"做客"？杜甫的《登高》："万里悲秋常作客，百年多病独登台。"《刈稻了咏怀》："无家问消息，作客信乾坤。"可是无论《水浒传》或者《喻世明言》这些小说里提到的相近之词，都写成"做客"。总不能说出外经商就是"做客"，流离不得返乡就是"作客"罢？

再一说："作对"有为敌之意，有写对联之意，这两重意义都可以用"做对"取而代之。这一下问题来了：古书上、惯例上从来没有把结亲写成"做对"，可是在旧小说《初刻拍案惊奇》里也有这样的句子："至于婚姻大事，儿女亲情，有贪得富的，便是王公贵戚，自甘与团头作对；有嫌着贫的，便是世家巨族，不得与甲长联亲。"那么为什么结亲之事不能也"做""作"两通呢？

"作贼""作弊""作案"，一般都可以写成"做贼""做弊""做案"，可是"作恶""作恶多端"常见，而"做恶""做恶多端"似乎不常见，看样子也不能以行为之良善与否来算计"作""做"两字之可通用与否。在较完整的词典里你总会找到"做亲"这个词条，意思就是结婚、成亲，可是绝对找不到"做赘"——要男方赘入女方之门，得同"作嫁"一般讲"作赘"。同样是结婚，差别何以如是？

"作福"是个来历久远的词，《书经·盘庚上》即有："作福作灾，予亦不敢动用非德。"福可以作，那么寿可作乎？大约是不成的，小学生倘或把该写成"做寿"（办庆生会）的写成"作寿"，严格讲究的老师会以笔误论处，那是这孩子自作自受。

说到了学校里的教学，我就一肚子火，我们的教学设计似乎很鼓励老师们把孩子们"逗迷糊了之后"，再让他们以硬背的方式整理出正确使用语言的法则。比方说：A. 作一；B. 作揖；C. 作料；D. 作践；E. 作兴。上述哪一个词中"作"字的读音同"做"？

你不是中文专业，你傻了。程度好一点儿的会在 A 和 D 之间选一个，程度泛泛的瞎蒙范围就大一点好了，了不起是五分之一的几率。

我跟我家七岁和五岁的小朋友解说"作"和"做"这两个字的时候，是先告诉他们：这两个字都各有十几个意思，"作"的诸意之中有一个意思是"当作"，有一个意思是"作为"；而"做"的诸意之中有一个意思就是"作"。这是什么意思呢？意思就是：这两个先后出现差了将近一两千年的字早就被相互误用、混用成一个字了。我们只能在个别习见的词汇里看见大家常见的用法，语言这事儿没治，就是多数的武断。

我区别这两字的办法有什么过人之处吗？没有，我每一次用字不放心都查一回大辞典。两个孩子异口同声地说："所以你眼睛坏了。"

倒数第四段的答案为 A，语出《管子·治国篇》："是以民作一而得均"。B为第一声，C、D、E 皆为第二声。

作

[甲骨文]

万里悲秋常作客，百年多病独登台。——杜甫《登高》

"作"和"做"，这两个先后出现差了将近一两千年的字早就被相互误用、混用成一个字了。我们只能在个别习见的词汇里看见大家常见的用法，语言这事儿没治，就是多数的武断。

20

西

五岁的妹妹除了在直排轮上纵横捭阖、如入无人之境以外，所有的学习都落后哥哥一大截。全家人一点儿都不担心——反正她还小——我们似乎认为这是生日相去两年三个月自然的差异。

可是且慢！那直排轮该怎么说？经过八小时正式的直排轮课程操练，张宜已经能够站在轮鞋上一连闯荡两小时，完全没有受过训练的张容却只能屡起屡仆，挫中鼓勇。妹妹风驰而过，撇转头问一句："你怎么又摔跤了呢？"

暑假接近尾声的时候，我试探地问张宜："你直排轮学得那么好，要不要跟哥哥一样学写几个字呢？"

张宜想了想，说："写字跟直排轮有什么关系？一点关系都没有。等一下等一下！有关系有关系——直排轮跟写字都有'老——师'。"

但是她没有想到，教写字的老师是我。一听说我要像京剧名伶裴艳玲她爹那样一天教写五个字，张宜的脸上很快地掠过一副难以置信的表情，说："你不是只会打电脑吗？"

我已经很久不用硬笔写恭楷，稍一斟酌笔顺，反而踟蹰——耳鼓深处蹦出来一个简单的问题：孩子为什么要认字？有没有比书写文字本身更深刻的目的？张宜却立刻问："你忘了怎么写字吗？"

"没有忘。"

"那你在想什么？"

就是那一刻，我想得可多了。我想我不应该只是为了教会孩子写出日后老师希望她能运笔完成的功课而已。我应该也能够教的是这个字的面目、身世和履历。这些玩意儿通通不合"时用"，也未必堪称"实用"，但却是我最希望孩子能够从文字里掌握的——每个字自己的故事。

我先在纸上画了一个带顶儿的鸟巢。一横，底下一个宽度相当而略扁的椭圆圈儿，圈中竖起两根支柱，顶着上头那一横画。是个"西"字。

"这是什么？"

"这一横杠是树枝，底下悬着的是鸟巢，有顶，有支架，有墙壁——通通都有，你看像不像一个鸟的房子？"

"昨天门口树上有一个被台风吹下来的，是绿绣眼的巢。"

"这个'东西'的'西'字，本来就是鸟巢。小鸟晚上要回窝睡觉了，叫作'栖息'。'栖息'这个意思，原先也写成'西'，就是这个像鸟巢一样的字。可是这个字后来被表示方向的'西'字借走了，只好加一个'木'字偏旁，来表示'小鸟回窝里睡觉'，还有'回家''定居'这些意思。"

"为什么表示方向的字要借小鸟的家？"

"表示方向的这个字也读'西'这个音，但是没有现成的字，就借了意思本来是鸟巢的这个字。"

"小鸟把自己的家借给别人哟？这样好吗？"

"所以刚刚我们说，为了表示'鸟窝''鸟巢'这个意思，就不得不另外再造一个字形——"我再写了一次那个加了木字偏旁的"栖"。

"你会把我们家借给别人吗？"

"不会罢。"

"好，那我可以去看《凯搂喽军曹》了吗？"

西

[金文]

西，鸟在巢上，象形，日在西方而鸟栖，故因以为东西之西。——
《说文解字》

我想教的是这个字的面目、身世和履历。这些玩意儿通通不
合"时用"，也未必堪称"实用"，但却是我最希望孩子能够
从文字里掌握的——每个字自己的故事。

21

娃

　　我承认，直到小学毕业，我还偷偷玩娃娃。娃娃是我在小学四年级的时候自己用破棉布衬衫碎料缝制的。当时一共做了三个：用白、蓝布做的一高一矮两个比例均衡，以原子笔涂画的面目也显得清秀端庄。也由于用料色彩单纯，这两个娃娃显得比较"正派"——至少多年以来，在我的回忆中一径是如此——然而我却不常"跟它们玩儿"。"跟我玩儿"得比较多的是个圆圆脸、大扁头、嘴歪眼斜的家伙，这家伙是用深浅米黄格子布和绿白格子布做成的，还有个名字，叫"歪头"。

　　每当我觉得想玩儿娃娃、又怕把心爱的手工艺品弄脏了的时候，就会把"歪头"提拎出抽屉来摆布摆布。时日稍久，感觉上"歪头"竟然是我唯一拥有的娃娃了。这娃娃始终是我的秘密，不能让任何人知晓。很可能一直到初中三年级举家搬迁，"歪头"才彻底从我的生活中消失。如果有人问我对于搬家有什么体会，我能想到的第一个答案就是：搬家帮助人冷血抛弃日后会后悔失去的珍贵事物。我近乎刻意地把"歪头"留在旧家的垃圾堆里，甚至完全忘了另外还有两个曾经受到妥善保存的娃娃。那时我一定以为自己实在长大了，或者急着说服自己应该长大了。

我在跟张容和张宜解说"娃"这个字奇特的"年龄属性"的时候，竟然会不由自主地想到"歪头"。

可以推测得知，在汉代，大约是最初使用"娃"这个字的时候，它的意思是"美女"，换言之，是形容成熟的女人。《汉书·扬雄传》引扬雄所写的《反离骚》："资娵〔jū〕娃之珍髢〔dí〕兮，鬻〔yù〕九戎而索赖。"大约是最早的例子。到了唐人、宋人的笔下，这个字所显示的女子年龄明显地变小了，很多诗词里所呈现的"娃"是少女、小姑娘的代称。再过几百年，至于元、明以下的"娃"字常常随北方地方语之意以应用、流传，"娃"字的年龄降得更低，大约非指儿童、小孩子不可了。到了今天的俗语之中，除了亲昵的小名儿，"娃"字则往往多用于婴幼儿。

"原来娃娃不是小孩子。"我说，"这个字是从大人长、长、长、长回小孩子的。"

字义的丛集性很明显，好像每个字都会向大量使用之处倾斜，越是大量使用，越是限缩了意义的向度，我临时用 Google 搜寻比对，发现"娃娃"一词有两千零一百万笔资料，"娇娃"有一百零三万笔，"淫娃"也有二十万一千笔，"巧娃"有六千二百四十笔，"邻娃"只有一千七百三十笔。至于"婑娃"呢? 仅存一百四十八笔。

观察字义的丛集现象会让我们渐渐有能力揭露文字的死亡过程——这个死亡过程也恰恰显影了我们抛弃某一语符的时候内心共同的深切渴望。

那些大声疾呼汉语文化没落，或是有鉴于国人普遍中文竞争力变差而忧心忡忡的人士要知道：不是只有那些晦涩、深奥的字句在孤寂中死亡，即使是寻常令人觉得熟眉熟眼的字，往往也在人们"妥善保存而不提拎出来摆布"的情况之下一分一寸地死去。残存而赖活的意义，使用者也往往只能任由其互相覆盖、渗透以及刻意误用的渲染。

我跟女儿说"我一直喜欢玩娃娃"的时候是诚实的，意思就是说我从小到大一直喜欢玩布娃娃。但是这样一句话，如果搬到公共领域张挂，还真不知道会被如何钻析破解呢！

"那你蛮幼稚的。"儿子在一旁插嘴。

"你简直太幼稚了。"女儿接着说，"像我都已经不玩别的娃娃了，我只玩蔡佳佳，其他的都不玩——我退休了。"

娃

[篆书]

娃，圜深目皃，或曰吴楚之闲谓好曰娃。——《说文解字》

原来娃娃不是小孩子。这个字是从大人长、长、长、长回小孩子的。

22

翻案

　　孩子在五六岁这个阶段能够忽然发展出种种令人伤心的顶嘴语法，不仔细听，听不出来他们其实没有恶意——他们只是把父母曾经发表过的"反对意见"推向不礼貌的极致。顶嘴是一种具有双刃性的革命。一来是孩子们透过语言的对立来确认自我人格的过程；二来也是考验父母师长自己的正义尺度：我们会不会终于沉不住气，还是用了不礼貌的方式来教导孩子们应有的礼貌呢？

　　台湾这些年来的大环境在极闷与极躁之间摆荡，有人说是蓝绿两极，有人说是"统独"两极，依我看，没那么伟大的极，就是顶嘴质量不佳所造成的"返童"状态。其中最困惑的，应该就是在这几年中开始养儿育女的父母——拿我自己来说罢：我总不能翻过脸去指出陈水扁还真是个王八蛋，而又翻回脸来跟孩子说不能够口出恶言。然而说来惭愧，我就是这样干的！

有一天张容问我：“你骂陈水扁算不算顶嘴？”

我一时为之语塞，想了好半天才说：“那是我自失身份，你不要学。”

过了好些天，张容和妹妹顶起嘴来越发利落了。我发现他们使用的语言未必只是从父母对公共事务的抱怨呛声而来，他们可以自行从相声、卡通、童话故事里搞笑的桥段甚至惊鸿一瞥的新闻报道之中拣拾出他们所需要的“顶嘴零件”，再提炼出一种熟老而坚硬的语气。

“难道”是其中一个万用的零件，属于修辞学里“夸饰格”的领字。“难道我要一直睡一直睡都不起来吗？”“难道我什么都不能玩吗？”“难道我不想吃都不可以吗？”——是谁发明了“难道”这个几乎没有意义却绝难对付的语词？

“哪有”是另一个，意思就是“我睁眼说瞎话”。明明说错了或做错了什么，即便是当下大人一纠正，孩子会立刻报以“哪有？”这时你若是指责他说谎或狡辩，少不得一场号啕，他变成强势受害人，焦点便模糊了。

还有“才怪”。这两个字真是“才怪”了，你缓步穿越过一群小孩子，在叽叽喳喳如雏鸟儿争食的稚嫩嗓音之中，此起彼落的第一名一定是“才怪”。我有一次问孩子的妈：“是你经常说‘才怪’‘才怪’吗？”她说：“才怪呢！”

我开始怀疑是因为父母之间毫无恶意的拌嘴却“示范”了一种“柔性无礼”的言谈模式，于是只好更积极地跟孩子解析“顶嘴"的内容，看看是不是起码能让"顶嘴"既锻炼异议的思辨质量，又不那么触怒人。

当我在跟张容解释"翻案"的意思的时候，他妹妹也凑过来听，还一面说："你应该等我来了一起讲才对。"我当然乐意重新讲一遍："翻案"是个生命还很新鲜的语词，明朝以后才出现的语汇，意思是刻意把大家熟悉、认可而且习以为常的话拆开来，从相反的方向去推演出不同的结论。

比方说，《孔子家语》上说："水至清则无鱼。"可是杜甫的诗却故意说："地僻无网罟〔gǔ〕，水清反多鱼。"古来都说孟尝君善养士，可是王安石偏说他也就只能养一群鸡鸣狗盗之徒。这些都是"顶嘴"，然而却是翻高一层认识理路的顶嘴。

"你说什么我都听不懂。"张宜嘟着嘴，仿佛受尽了委屈似的——这是我家顶嘴之学的另一招儿。

"你这样算不算顶嘴呢？"我开玩笑地问。

"不算！"张宜大声了许多。

"我觉得你这样已经很接近顶嘴了。"

张宜还想说些什么，可是忽然停了停，眨着眼想了想，说："你想害我顶嘴吗？"

翻

翻
[草书]

报仇翻案纷纷，正士皆逃遁。——孔尚任《桃花扇》

"翻案"是个生命还很新鲜的语词，明朝以后才出现的语汇，意思是刻意把大家熟悉、认可而且习以为常的话拆开来，从相反的方向去推演出不同的结论。

23

不废话

在还不到一岁的时候，张宜只能抓着笔在纸上画着大圈儿小圈儿，并且努力解释她画的是什么。那一回——我记得很清楚——她画了一个形状像"6"字的小圈儿，说这是雨伞；又画了一个形状像"9"字的大圈儿，说这是下雨。我说："刮风了，你画一阵风来看看。"她想了想，看看我，又看看她哥哥，摇了摇头，生平第一次承认她也有不会做的事："不会罢工。"——她想说的其实是"不会画风"。

"不会罢工"此后就成为孩子和我之间的一句"家用成语"，意思是"想表达，却不会表达""好像懂得，但是说不出来"。我自己还是个孩子的时候，常感受到父亲对于"不能表达"这件事的焦虑和不屑。我记得有一回他正看着本什么书，忽然漫卷而掷之，那本书就躺在了他对面的藤椅上——是洪炎秋写的《又来废话》。过了几秒钟，他弯身把书拾起来，重新坐稳了，翻找到先前看到的地方，再读了读，似乎还是觉得不甘，摇摇头，叹口气，索性指给我看，一面说："连洪炎秋都这么写文章了，像话吗？"三十年多以后，我已经记不得洪炎秋那一段文字说的是什么，但是我永远不会忘记父亲的焦虑。

洪炎秋的社会评论专栏大白话本色当行，风格平易，经常流露出一种谑而不虐的诙谐之气。父亲经常说："这种文章并不好写，人要是个亲切人，文章才亲切得起来。"可是那一天父亲看似生了文章的气，火儿还起得不小，所为何来？不过就是一个口头禅："那个"。

彼时，无论是广播电视抑或报章杂志，的确经常出现"那个"一词。"那个"二字所表达者，就是语本暧昧，不足公开言说，但是一旦以"那个"称之，听者应该就能充分会意。换言之，"那个"就是"虽然不方便启齿，可是你一定能明白"的谴责语。例句："你这样想事情，实在太'那个'了。"

不知针对什么议题，洪炎秋一句"……就实在太那个了"居然惹得父亲废书而叹，当时我只道父亲原本是个痛快人，听不得不痛快的话；在他而言，既然发而为文，倘或语带谴责之意，焉能不确然道出呢？这是个性强——你也可以说是脾气大——使然，根本与洪炎秋或流行说"那个"的人们无关。

很难说父亲的焦虑是不是经由基因或濡染而交给了我。我发现自己对于生活语境里那些到处流窜、不能表达意义的废话也始终敏感，着实不耐烦。我现在走到哪儿都听得到各种咒语一般的口头禅，现在我们不会欲语还休地说"那个"了，我们铺天盖地地说"基本上""事实上""原则上""理论上""其实""所谓的""××的部分"……而且听着人就想生气。例句："苏院长也来到了医院进行一个所谓访视的动作。"有时我还真为了怕听这种咒语而拒绝媒体。我关掉电视机的时候总会跟张容说："好讨厌听人讲废话！"

"废话是什么意思？"

"就是没有意思却假装有意思的话——就是那个'假装'的成分叫人讨厌。"

"为什么没有意思却要假装有意思呢？连妹妹都知道'不会罢工'就'不会罢工'呀。"

孩子说到了核心。孩子们是不说废话的，他们努力学习将字与词作准确的联结，因为他们说话的时候用脑子。再给一个例句：

我问张宜："瀑布是什么？"她想了想，说："明明没有下雨，却有声音的水。"就客观事实或语词定义而言，她并没有"说对"，但是她努力构想了意义，不废话——不废话是孩子的美德。

話

話

[金文]

话，合会善言也。——《说文解字》

孩子们是不说废话的，他们努力学习将字与词作准确的联结，因为他们说话的时候用脑子——不废话是孩子的美德。

24

啰唆

有一个时期，孩子们对于事物的起源极有兴趣，我总怀疑那是因为他们对于自己的"出身"得不到满意的回答，故而旁敲侧击。询问源起，往往会形成无意识的语法习惯。换言之，孩子们并不认真想了解某事某物之原始，但是已经问成了习惯，就会出现这样的句子："那第一个发明做功课的人是谁？""上帝先创造自己的哪一个部分？""最早学会讲话的人讲什么话？"

这种习惯会把"最"这个字从"最早""最先""最初"延展到任何可堪比较的事物。"最大""最小""最长""最快"……以讫于"谁最会发呆""谁最讨厌吃猪肝""谁最啰唆"，等等。

经由一次记名投票，我和孩子的妈分别获得"最啰唆的人"的提名，而且分别拿到相持不下的两票。张宜和我认为妈妈比较啰唆，张容和妈妈则认为爸爸比较啰唆。张容还附带提出了他对于"最啰唆的人"的观察和判准。他认为："爸爸的啰唆是会讲一大堆不必要讲的废话，而妈妈的啰唆只是讲着讲着停不下来，不能控制自己。所以比较起来，爸爸是家里最啰唆的人。"而张宜认为妈妈最啰唆的理由是她不想跟哥哥选同样的答案。

在这样一种投票的机制里，即使勉强打了个平手，也令我有落败的感觉。因为我的支持者（也就是看起来并不嫌我啰唆的张宜）实在没有尽心尽力衡量自己所投的那一票究竟有什么价值，好像这才真是"为反对而反对"。我当下没有申辩什么，却一直想找个机会跟这两个小朋友解释一下"啰唆"。

"啰唆"和"唠叨"就是很平常的状声之词，形容人言语琐屑破碎，内容也没有意义，像是只能用一堆不表任何意义的拟声字加以谐拟，故"唠唠叨叨""啰里啰唆""噜苏噜苏"，以至于"啰哆（音'侈'）""唠噪""唠哆"，这些个用语，上推元代的杂剧对白，下及于明清以降的章回小说，都可以找到例句。

后来我不意间发现，甚至早在宋代成书的《景德传灯录·澧州药山圆光禅师》上就有这么一段："僧问：'药峤〔qiáo〕灯连，师当第几？'师曰：'相逢尽道休官去，林下何曾见一人？'问：'水陆不涉者，师还接否？'师曰：'苏噜苏噜。'"

圆光禅师所引的那两句诗是唐代灵澈上人的《东林寺酬韦丹刺史》："年老心闲无外事，麻衣草座亦容身。相逢尽道休官好，林下何曾见一人？"把这首诗的讽谑之意当作背景，细细勘过一遍，就知道圆光禅师底下的那句"苏噜苏噜"（也就是我们今天讲的"啰里啰唆"）并不是一句泛泛的应付之语或鄙厌之词，这是禅宗法师们对于夸夸其谈者专打高空的"提问"极端的不耐。

我把这段小公案跟张容说了，接着问道："记不记得你曾经说你一点儿都不想当班长？"

"因为当选了班长就会很累，要帮老师做很多事，以后就没有好日子过了。"

但是我知道张容并不是那么洒然的一个孩子——我甚至可以嗅出一些些儿落寞不甘（至少当班长能搜集到兑换玩具的荣誉卡就成为泡影了），于是便问："虽然这样，同学没有选你，你会不会觉得还是有点不好受呢？"接下来我就准备要说那首戳穿矫情归隐之思的"林下何曾见一人"了。

谁知张容忽然难过起来，反而像是被我揭发了不想面对的心事，闪着眼泪，说："你真的很啰唆耶！"

我想了想——的确，我真是全天下最啰唆的混蛋一个！

囉

囉

[金文]

僧问："药峤灯连，师当第几？"师曰："相逢尽道休官去，林下何曾见一人？"问："水陆不涉者，师还接否？"师曰："苏噜苏噜。"

——《景德传灯录·澧州药山圆光禅师》

"啰唆"和"唠叨"是形容人言语琐屑破碎，内容也没有意义，像是只能用一堆不表任何意义的拟声字加以谐拟。

第二辑

透过一个字，思考自己和世界的关系

我不只是在教孩子们认字，更是帮助他们建立与世界之间的鲜活关系。

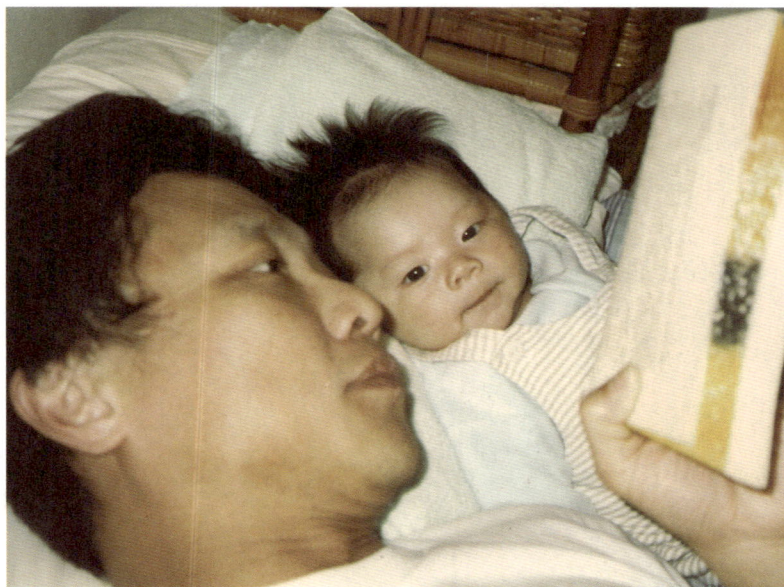

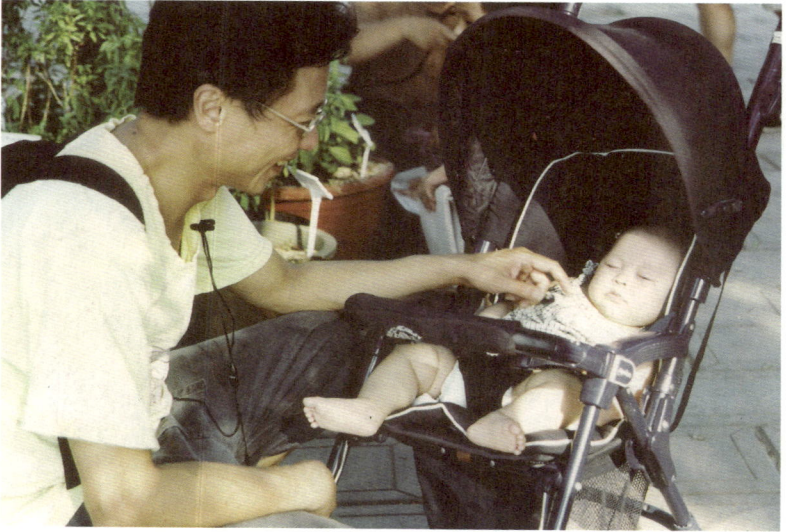

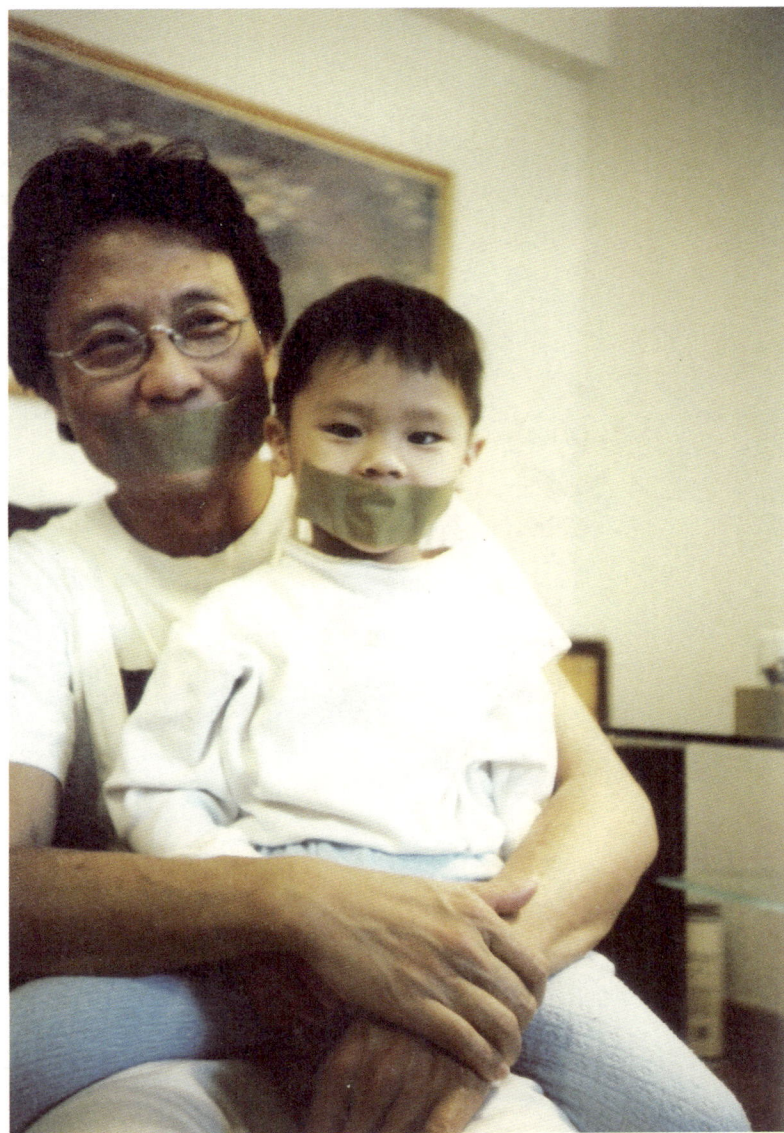

25

栎树父子

有个名叫"石"的木匠到齐国曲辕地方，看见一株被人建了祀社来崇拜的大树。这树大到树荫可以供给千头牛遮阳，树干有百围之粗，干身如山高，高出十仞有余之地才分枝丫。祀社门庭若市，人人争睹。这木匠一眼不瞧就走过去了。他的徒弟问道："我从入师门以来，没见过这么好的木材，您怎么一眼都看不上呢？"木匠道："算了，别提了。那是一株没有用的'散木'——拿来做船，船会沉；做棺材，棺材会腐烂；做器具，立刻会毁坏；做门窗，会流出油脂；做梁柱，会生出蛀虫。根本就是'不材之木'。正因为无所用、无可用，这树才能够这么长寿。"

故事到这里，似乎教训已经足了：人如果看起来没有什么用世之心用世之能，浑浑噩噩的，坐享天年，大概也就是由人唾骂无用罢了。但是这株老栎树可不这么想，当天晚上就托梦给木匠，说："你拿什么样的木材跟我比呢？那些柤〔zhā〕、梨、橘、柚之类长果实的树一旦等到果子熟了，大枝挨折，小枝挨扭，连这都是因为'有点儿用处'而自苦一生，所以不能享尽天赋之寿。一切有用的东西不都是如此吗？我追求做到'无用'已经很久了，好几次差一点儿还是叫人砍了，如今活下来，这就是大用！你这散人，还配谈什么散木呢？"木匠醒来，把这话跟徒弟说，也提到了他梦中的了悟：要求无用，但是又不能因其无用而轻易让人劈了当柴烧，那就得发展出一种虽然不堪实用、却能有一种使人愿意保全其生命的价值。在栎树而言，他的策略就是生长得非常巨大，大到令人敬畏、令人崇拜的地步，所以借由崇拜的仪式（祀社香火礼拜的活动）活了下来。

这是庄子说的故事。我读这个故事读了三十年，对于"非关实用的生产活动之为用""怎样才算是个无用的人"，自以为了解得很全面。直到昨天，我和张容之间的一段对话，才对"无用之用"有了新的体悟。

吃饭的时候总爱发呆的张容在发了一阵子呆以后忽然跟我说："'现在'不是一个合理的词。"

"为什么？"

"因为你在说'现在我怎样怎样'的时候，那个'现在'已经不是'现在'了。"

我愣了一下，觉得他实在没有必要去思考我在大学以后想了几十年也想不透的问题，就只好说："'现在'，你还是吃饭罢。"

临睡前，他趴在我的床上看书，倒是我忍不住主动问起来：

"你刚才说'现在不是一个合理的词'？不合理那该怎么办呢？"

张容的眼睛没离开书本，继续说："我觉得那些发明文字和口语的人应该更小心一点，不应该发明一些不合理的词。"

"为什么你要把文字和口语分开来？"

"因为感觉不一样。"

"怎么个不一样法儿？"

"文字不合理会写不下去；口语不合理就只好随便说说，也没办法了。"

这一下我明白了，为什么每一次作文里写到"现在"这个词的时候，张容总是踌躇良久，不愿意下笔。尤其当书写这件事显得有些难度而耗费时间的时候，真正令孩子关心的那个"现在"——那个应该可以好好玩耍的珍贵片刻——便已经流逝了。

"写作文很无聊吗？"我小心翼翼地直接跳到答案。

"没错! 很无聊，而且一点用都没有!"他说着，指指书，意思是希望我不要再拿这些没有用的问题打搅他看故事书了。

我深深知道：我们父子俩最共通的一点就是我们都对看起来没有用的问题着迷，那里有一个如栎树一般高深迷人的抽象世界，令人敬畏，只是张容还没有能力命名和承认而已。

樹

匠石之齐，至于曲辕，见栎社树。其大蔽数千牛，絜之百围，其高临山十仞而后有枝，其可以为舟者旁十数。——《庄子》

我们父子俩最共通的一点就是我们都对看起来没有用的问题着迷，那里有一个如栎树一般高深迷人的抽象世界，令人敬畏，只是张容还没有能力命名和承认而已。

26

达人

身为二十一世纪的汉语读者，大约都会以"某一行业或技能领域的专家"来解释"达人"这个词，大家也丝毫不用费脑筋就会了意——这是一个近年来从类似"电视冠军""料理东西军"之类，带有知识上、技术上诸般猎奇趣味的日本电视节目输入的。当我们使用这个词的时候，不免也会把它跟"professional""specialist""expert"这些字眼联结在一起。

不过，这个字的原意大约也是由中国输出的。最早见于《左传·昭公七年》："圣人有明德者，若不当世，其后必有达人。"这里的达人，可以解释为相对于圣人的人——能够通明（理解甚至实践）圣人之道的人。

不同的思想传统会把相同的语词充填出趣味和价值全然悖反的意义来。在道家那里，达人便成了"顺通塞而一情，任性命而不滞者"（晋，葛洪，《抱朴子·行品》）。较之于儒家的论述，这又抽象了些，若要理会某人称得上、称不上是个达人，还得先把"性命"的意思通上一通。

在不同的作家笔下，这个词的使用也会有南辕北辙的意义。贾谊《鹏〔fú〕鸟赋》里的"达人"，所指的应该是性情豁达之人，起码是跟着庄子所谓的"至人"行迹前进者。但是到了杨炯替《王勃集》作序的时候，用起"达人"来，所指却是家世显贵之人了。

孩子们嬉戏之时，张容偶尔会冒出来这么一句："你看到我的那个'达人'了吗？"我猜那是一只小小的"哈姆太郎"或者"弹珠超人"。有时，哥哥也会这样跟妹妹说："你可以不要再弹琴了吗？你会吵到'达人'——他正在休息。"这就表示，无论是"哈姆太郎"或者"弹珠超人"都是哥哥自我投射或认同的对象。但是我一直无缘拜识——究竟哪一个小东西是"达人"？

直到有一天，我看着张容作业簿上歪斜别扭的字迹，忽然感慨丛生，便问他："你不喜欢写字，我知道；可是你要想想，把字写整齐是一种长期的自我训练，字写工整了，均衡感、秩序感、规律感、美感都跟着建立起来了。你是不是偶尔也要想想将来要做什么？是不是也就需要从小训练训练这些感受形式呢？"

"我当然知道将来要做什么。"

"你要做什么？"

"我要做一个'达人'。"

"那太好了。你要做'乐高达人'、还是'汽车设计达人'、还是'建筑达人'都可以，但是要能干这些事，总要会画设计图罢？

要能画设计图，还是得手眼协调得好罢？（以下反正都是教训人的废话，作者自行删去一千字）是不是还要好好写几个字来看看呢？"

"不用那么复杂吧？"

"你不是要做'达人'吗？"

"对呀！太上隐者的'答人'，你不是会背吗？"他说，表情非常认真。

据说有唐一代，在终南山修道不仕的真隐者没有几个，但是太上隐者算是一个，因为他连真实的姓名都没有传下来。那首《答人》诗是这样的："偶来松树下，高枕石头眠。山中无历日，寒尽不知年。"

张容认为如果能够不用上学，天天这样睡大头觉，生活就实在太幸福了。这一天我认识了他的另一个自我："答人"。的确，那是一只眯着眼睛看似十分瞌睡的小哈姆太郎。

"不要吵他，"我叹口气，扔下那本鬼画符的作业簿，悄声说，"能像'答人'这样幸福不容易。"

"是我弹琴给他听，他才睡着的。"妹妹说。

達

人

圣人有明德者，若不当世，其后必有达人。——《左传》

最早的达人，可以解释为相对于圣人的人——能够通明（理解甚至实践）圣人之道的人。

27

留名

金埴〔zhí〕，字苑孙，号鳏鳏子，浙江山阴人。他的祖上是明代仕宦之家，父亲还干过山东知县。金埴自己也是一位诗人，功名不遂，终其一生不过就是个秀才，以馆幕谋生，十分潦倒。但是从他所留下来的笔记《巾箱说》《不下带编》可以见出，他是一个典型的读书人，最足以称道的，是曾经应仇兆鳌之请，为仇氏所著的《杜诗详注》做过文字声韵方面的校订工作。而所谓落寞以终，并非主观上多么侘傺〔chà chì〕不堪，反而有一种惹人惋惜的恬然。

由于先父在日常读《杜诗》，也总是注意跟杜诗流传相关的故实，我还在大学里念书的时候，一日父子俩说起仇兆鳌注杜诗的点点滴滴，提到了这位连"挂名共同著作"的待遇都混不上的诗人，我带着些讪笑的口吻，说金埴"老不得意，动辄抬出笺注杜诗的功德来说道，像是老太太数落家藏小古董"。先父却从另一个角度对我说:"能够埋头在杜诗里做些小活儿,这样的人,也算'立言'了,有些及身可享的功德也未必能比得的。"

承这几句庭训,我对"埋名"二字有了不同的体会——早年从小说里见"隐姓埋名",总觉得那是"侠士高人干些劫富济贫的勾当"所必需的掩护;要不,就是行止之间刻意放空身段,以免徒惹招摇之讥;可从未想过心怀坎壈〔lǎn〕、际遇蹭蹬〔cēng dèng〕,却能埋头在俗见的功利之外,为值得流传的文字做些有益于后世读者的服务——而且决计不会分润到任何名声。

在已经成年之后才能体会这种跟基本人格有关的道理,我自己是觉得太迟了的。总想:不论是不是出于悟性之浅,或者是出于根器之浊,自己不论做什么,居然总要经过一再反思,才能洗涤干净那种"留名"的迷思。相对于做任何事都能够勉力为之、义无反顾、不计较世人明白与否,而又能够做得安然坦然,自己的境界就实在浅陋难堪,也往往自生烦恼了!

我的孩子入学之后,面对各式各样的考试和评比,其情可以想见:一群才开蒙的娃娃,个个儿奋勇当先,似乎非争胜不足以自安。于是,我的不安就更大了:他们在人格发展上是不是一方面能够重视荣誉,一方面又能够轻视虚名呢?这种关键性的矛盾如果在立跟脚之处没有通明的认识,日后往往不落浅妄、即入虚矫,他们人生就十分辛苦了。

最近恰好遇上这么个题目。太阳系行星的认定,有了新的标准。国际天文学会投票定案:冥王星从此除名,另以"侏儒行星"

呼之。此举令张容十分不满，他再三再四地跟我抱怨：这样做是不对的；投票不能决定"冥王星算不算"行星。我在前后将近一个月的时间里分别问了他六次：为什么他那么相信冥王星必须"算是"一颗行星？既然投票行为不能决定客观事实，我们只能说，这样的投票所定义（或修正）的是人类的知识，所呈现的是人类认知的限制，于冥王星并无影响。我这当然也是老掉牙的调和之论，没什么深义。

张容却坚持："名称是很重要的。如果说定义是人下的，可以投票就改变了，那么为什么不可以再投一次票说冥王星的体积刚刚好就是最小的行星的标准呢？"

我差一点开玩笑说："你一定是受了台湾人对'修宪'的热衷和执迷的影响，进一步影响了你对客观知识的判准。"

但是他说得坚定极了："我也觉得冥王星很小，没什么了不起，可是行星这个'名'应该是有标准的。标准怎么可以说改就改呢？"

我不懂天文物理，所学不足以教之，只好一再去请教我的朋友孙维新教授。但是我很庆幸我的孩子重视的不是行星之名，而是形成一个"名"的条件。

留

[金文]

是以圣人不行而知，不见而名。——《老子》

我很庆幸我的孩子重视的不是行星之名，而是形成一个"名"的条件。

28

棋

孩子喜欢跟我下棋，但是不喜欢输，更不喜欢看出来我让他赢。所以跟孩子下棋，不需要有过人的棋力，但是一定得有过于棋力的智慧。我总觉得尽全力布局斗阵，并且在最后一刻弄得满盘皆输，其中机关简直称得上是一门艺术。

在旅行之中，遇到了长途飞行或者长途车程，很难以窗外美丽自然景观让孩子们感受百无聊赖之趣，这个时候，往往需要借助于一方小小的铁棋盘、三十二颗小小的铁棋子——慢着，我并不是在跟孩子下棋，而是在重温年幼之时跟父亲手谈的景象。往往是在晚饭过后，父亲手里还握着个马克杯，里头是餐桌上喝剩的半杯高粱。总是他吆喝："怎么样，走一盘儿罢？"

我的父亲总是自称"下的是一手臭棋"，但是就我记忆所及，除了初学的半年多我几乎每战必胜之外，往后近三十年间，哪怕是每每借助于李天华的象棋残谱，苦事研习，往往还是在转瞬之间被杀得大败，我好像没有赢过他一盘。等我自己开始跟孩子下棋之后，才发现就连我先前的胜利都可以说是偷来的。

父亲总仿佛在带着我下棋的时候，说些另有怀抱的废话。比方说，在强调"仕相全"之重要性的时候，会插上这么一段："士也好、仕也好，都是读了书就去当官儿，官儿当到顶，不过就是个宰相。可是你看，在棋盘上，士就走五个点儿，一步踏不出宫门；相就走七个点儿，永远过不了河。这是真可怜。"再比方说，一旦说起了用兵、用卒，忽地就会岔出棋盘外头去："你看，这小卒子，一头朝前拱，拱一步就后悔一步，又少了一步回头的机会。"甚至说到了车、马、炮，也时常把玩着马克杯，摇头晃脑地说："这些马夫、车夫、炮夫都是技术人员，到了乱世，技术人员就比读书人要显本事了——你看，哪一个不是横冲直撞、活蹦乱跳的？"

一晃眼四十年过去，我跟张容下棋的时候居然也很自然地会说些棋局、人生，甚至一时兴起，联想起什么人际斗争的机关，也会喋喋不休地说上一大套，仿佛我的父亲再一次借着我的嘴在跟我的儿子发表一番世事沧桑的感慨。有一回，张容像是忽然发现了什么大道理似的跟我说："你知道吗？我发现棋盘上有一步棋永远不会走。"

"哪一步？"

"就是'将军'！"张容说，"不管是'将'死老帅还是老将，说将死就将死了，可是从来没有真的走过——所以老帅和老将其实是永远不会死的。"

"这很有意思！"我喃喃念了几回，心想，我还从来没这样想过呢，便接着说，"的确是这样啊——想想看，在这个世界上，有多少人下过象棋？这个世界上，又一共下出过多少盘象棋？每一盘棋的目的，就是'将'死一个老帅，或者一个老将，可是，居然从来没有一个老帅老将被真的吃过。"我说完之后，才发现自己只不过是在重复孩子的话语，而且一连说了好几遍。

最后，张容像是再也忍不住了，说："你下棋的时候话实在很多。"

"我知道。"我点点头，心想，我爸就是这样，你将来也可能变成这样的。

棋

[篆书]

棋，博棊也，从木其声。——《说文解字》

跟孩子下棋，不需要有过人的棋力，但是一定得有过于棋力的智慧。

29

帅

我在瑞典汉学家林西莉的《汉字的故事》里读到关于"獸（兽）"这个字的解释的时候，有豁然开朗的感觉。原来字形左侧就是一个弹弓——中间是一条细长的皮索，两头系着圆形、大约等重的石球（"單[单]"这个字上方的两个"口"）。尤其是从一张表现石器时代人类猎鹿情景的绘图里，我们得以清楚地发现：先民如何甩抛掷索石、绊倒奔踶〔dì〕突窜的猎物。林西莉对于"單"（索石弹弓）的发现，让我想起三十年前第一次上文字学课的情形。

黑板上写着"率""帅"两个字，解释中国字里同音通假的原理。其他的细节我大都忘了，就记得当教授用许慎《说文》里的文字说明"率"的意义之际，好像忽然之间为我擦去了蒙覆在中国文字上的尘垢。我们今天在许多语词中发现"率"这个字的功能和意义，像"带领""劝导""遵行""楷模""坦白""放纵"

"轻易"等等，但是回到许慎那里，这个字原来就是"一张两头有竿柄的捕鸟的网子"。教授说，但是并没有写在黑板上："率，捕鸟毕也。"

"'毕'又是个什么东西？"当时，坐在我旁边的曾昭圣一边用他那笔娟秀的楷书记笔记，一边小声问我，"是毕业那个'毕'字吗？"

"应该是吧。"我是用猜的，因为印象中读音作"毕"的字里面，也只有这个字的形象是能捕鸟的。

不需要太长的时间，我们在课堂上读熟了这些经常用来解释六书原则的例字，对于作为"长柄的捕鸟网"的"率"和"毕"，似乎又恢复到视而不见的认知习惯——它们再度沦为"表意的符号而已"，不再像一个借着"率"字凭空跳出来的捕鸟图一样，向我传达一个陌生而新鲜的世界的影像。

也许我过于郑重其事，但是，的确直到我"教孩子认字的生命阶段"开始，这一个一个的字才似乎又一笔一画涂抹上鲜活的质感。或者该这么说：我并不是在教孩子们认字，而是让自己重新感知一次文字和世界之间初度的相应关系。

三天前学校课辅班一位负责照看孩子写功课的老师跟我说："张容的字，实在写得太丑了！真的很想叫他全部擦掉重写。"我唯唯以退——直觉是因为孩子对字没有兴趣。

回家之后，我找了个题目跟张容谈字的"漂亮""好看"和"帅"。他承认，是可以把字写整齐，但是那样太花时间，"会害我没有时间玩"。

"如果把你学过的每一个字的构造、原理还有变化的道理都像讲故事一样地告诉你，会不会让你对写字有多一点点的兴趣呢？"

"不会。"他立刻坚定地回答。

"为什么？"

"这跟懂得字不懂得字没关系，跟你讲不讲故事也没关系。我知道我的字写得很丑啊！"

"你会想把字写帅一点吗？"

"我想把字写得让人看懂就可以了。"

"你不觉得字写得漂亮一点、好看一点，自己看着也舒服吗？"

"就跟你老实说吧——"张容说，"帅的人很好，会比较喜欢他；帅的字没感觉，而且很浪费时间。这样你懂了吗？"

"你的意思就是要先玩够了才会去练习写字吗？"

张容慎重地想了一下："你这样就懂我的意思了。而且你一定要相信我：我总会有玩够的时候。"

帅

[甲骨文]

夫志，气之帅也。——《孟子·公孙丑上》

直到我"教孩子认字的生命阶段"开始，这一个一个的字才似乎又一笔一画涂抹上鲜活的质感。我并不是在教孩子们认字，而是让自己重新感知一次文字和世界之间初度的相应关系。

30

舆图

　　每当我看见以某地为范围、而标示的却非山川道路之类地貌的时候，就会大叹中文词汇往往将就先入为主的使用习惯而不计意义之确然与否。"地图"不就是这样一个词儿吗？

　　十月上旬我从法兰克福书展现场扛回来两轴各有四尺多长、三尺多宽的大图，一张是太阳系各等星运行轨道示意图，一张是世界各地主要动物分布图。装裱完成，各自张挂，孩子们指指认认，自然不会认识那些用英文标示的物种名称，于是翻查字典和百科全书，恍然大悟于动物俗名和意义之间微妙的关联，颇成一趣。但是打从一开始就有争议。他们称那张"太阳系星图"为"星星地图"，称那张"全球动物分布图"为"动物地图"。我说不对。两者都不该有"地"字。

　　孩子们对于"太阳系星图"或"星图"这个词的运用没有意见，但是对于"全球动物分布图"就觉得冗赘拗口，还是习惯称

"动物地图"。我说这不是地图，孩子说叫它地图又有什么关系。

我觉得古人称地图为舆〔yú〕图还比较有道理呢。虽然"舆"这个字是指"大地"，由《易经·说卦》中来："坤为地、为母、为布、为釜、为吝啬、为均、为子、为母牛、为牝马、为大舆……"

但是，"大舆"这个用语，显然是中国老古人所作的一个譬喻，作为本来的字意，"舆"之为车、车厢、轿子这一类的东西必有所受、必有所载，用这个意象来譬喻大地承载一切，就生出"以天为盖、以地为舆"的意思来。承载着许许多多东西的一片大地，名之曰舆，有何不可？正因为所指称的是"承载"这件事，图上所绘制的一切就未必要同地理这个概念有关，偏偏作为交通工具的"舆"，如果是指车，干脆写"车"字，岂不通用又好写；如果是指"轿子"，如今谁还坐轿子呢？现实如此：舆——承载着人类一切的大地——成了个半死不活、迹近灭绝的字。只要与古人古籍无关，我们一辈子也碰不着这个字。

一张图能带来的世界观当然不止一个"舆"字的感叹。孩子们和我每天最觉愉快的游戏之一就是面对图上各种动物，艰难地指认它们陌生的名字。

比方说，光从字面上看，我原不知"greater flamingo"跟弗拉明戈舞没有关系，实指大红鹤，原产于南美洲的秘鲁、巴西、阿根廷和智利一带，喜欢居住在浅水湖边，之所以如此命名，是从拉丁文的"flammea"（火焰）来的。

再比方说，"aardvark"，中文名称叫"土豚"，是一种原产于非洲撒哈拉沙漠以南的食蚁兽，在南非白种人的语言（Africaan）和荷兰语里面，这个名称的意思就是英文的"earth pig"，会打地洞的、长得像猪一样的哺乳类动物。

倘或没有这张大挂图，我决计不会对"lynx"这个字有兴趣，就算知道这是指大山猫，也不会把它跟我经常在古人笔记里读到的"猞猁皮"联想在一起，更不会想到，原来曾经在美国当代小说里不止一次读到过的"bobcat"（红猫）也被归为猞猁的一种。

"全世界真的有那么多动物吗？"张容指着图上的bobcat问我。

"当然还不止这些。全世界大概有个四五千种哺乳类动物、九千种鸟儿、两万种鱼、几百万种昆虫。"我说，"不过全世界平均每天都有七十五个物种消失，有很多动物在你还没认识它、替它命名之前，就已经灭绝了。"

"那你怎么知道有这种动物？"张宜说。

从"动物地图"的命名之争开始，我发现我能答得出来的问题真是越来越少了。

舆

舆

[甲骨文]

以天为盖，以地为舆。——《淮南子》

"大舆"这个用语，显然是中国老古人所作的一个譬喻，作为本来的字意，"舆"之为车、车厢、轿子这一类的东西必有所受、必有所载，用这个意象来譬喻大地承载一切，就生出"以天为盖、以地为舆"的意思来。

31

那个"我"

大事，总是在突然之间发生。

孩子终于要摇着或咬着铅笔，面对那个简单的字了——"我"。

这种名为"生活小记"的作文与一般应题而制、训练应用书写能力的作文似乎不太一样，它像是更希望孩子借由一篇短文进入生活内在的细节去观察、思索和感受。学校规定在文字之后还要画一张插图。张容把这项功课拖到最后一刻才开始做，先给那张插图打了草稿。图中当然就是一个孩子，坐在床上——家人一眼就可以指认出这的确就是我们的卧房，连五斗柜的颜色都十分接近。图中的孩子坐在床中央，头顶是一朵云，云里一个大大的问号，以及"为什么"三个字。

这就是我曾经想过不知道多少次的那个画面了。"将来，我的孩子会怎样看他自己呢？"我坐在床上、头顶着云朵的那个年纪，云雾里的字句差不多就是这样。现在答案揭晓了：一个头顶上也有疑惑之云、对世界充满问题的小家伙。很好。

这个小家伙在作文里告诉我们：他快要八岁了，身高一百二十五公分，算是中等，他喜欢恐龙和天文知识，讨厌人多的地方，不喜欢吃猪肝、猪血、荷包蛋和蚵仔。他知道在老师的眼中，他是个"老实孩子"，爸爸认为他聪明，而妈妈认为他穷紧张。将来他想当个古生物学家——这个期待后来被他妈妈说服，改成了"学者"。

孩子的妈妈似乎觉得不必把自己的未来全装进"古生物学"专业领域里去，好像"古生物学"这个小集合真会限定了他儿子很大一部分美好的未来似的；而我却觉得"学者"二字所涵摄的大集合笼统得像是没脸见人，反而流露出一种好高骛远以自诩的气味。

"你知道'学者'究竟是个什么东西吗？"我问。

张容耸耸肩："不知道也没关系罢？反正那是我自己的事，将来我就知道了。"

我看着图中那个被"为什么？"云朵笼罩的小孩，问他："那么请你告诉我，'我'是几个人？"

"一个人呀。"

"不完全对。"我说，"在中国字里，这个'我'字底下还有埋伏。"

妹妹张宜立刻插嘴说："什么是'埋伏'？"

我暂时没理她，继续说下去："中国字的'我'往往指的是一群跟我比较亲近的人，一群我自己会认同和归属的人。所以'我'

常常包含了一个范围比较大、人数比较多的人们，而泛指自己所在的一整个方面。我们说'我方''我国''我族''我军'，都是这个意思，这里的'我'，就包含了有我在里面的一群人了。而在你的'我'所认定的范围里，你妈也是其中一个，你爱她、依赖她，也相信她，所以你才让她把你的'古生物学家'改成'学者'也无所谓。"

"不可以改吗？"

"你妈改的，我可不敢这么说。"

"那'我'就不只是我自己了吗？"

"这是你头顶上的那块云里一个很重要的问题：'我'为什么不只是我？"

"那埋伏是什么？"张宜坚持问到底。

"埋伏就是原本躲起来，忽然跑出来，把你吓得跳起来这种东西。"

"妈妈是埋伏吗？"张宜睁大眼睛问。

"一定是的！"

我

［甲骨文］

我，施身自谓也。或说我，顷顿也。凡我之属皆从我。徐锴曰：
"从戈者，取戈自持也。"——《说文解字》

中国字的"我"往往指的是一群跟我比较亲近的人，一群我
自己会认同和归属的人。

32

譫

譫，今音读"瞻"，多言以及胡言乱语的意思。

这是一个后起的字，用简单的文字学原理推测：这个字原本应该就写作"詹"，"詹"字的意思很多，本来就有"多言"之义，还有"到达""供给""仰望"以及——在十分偶尔的情况下——更可以当蟾蜍的"蟾"字来用。《古诗十九首》里的《孟冬寒气至》一首就有"三五明月满，四五詹兔缺"的句子。此外，最常见的用法当然还是姓氏，姓詹的也许不在意自己为人所仰望，但是一定不愿意老惹人发现自己话多，这个多言的"詹"便加上一个言字偏旁，仰望之"詹"便加上一个目字偏旁，各以明其本义，原先的詹字就此让姓詹的专有了。

既然语言是沟通的工具，达意不亦足矣？为什么要多言，甚至胡言乱语呢？我是从电视论政节目上想到这个问题的。

近些年台湾进入一个集体弱智时代，家家户户在电视机名嘴炒作政治议题的诱导之下，不但付出了时间，还赔上了情绪，所以"多言以及胡言乱语"成了极其普遍的传染病。我的看法很简单，越是不能、以及不习于聆听的人，越是感觉自己不被聆听而不得不以勾连席卷为能事、以牵丝攀藤为手段，将对话者原本已经明确表述的意思夺胎换骨、移花接木，使之如解瓦烂鱼；再将自己原本应该清晰传达的意思加油添醋、施脂傅粉，使之如雾沼云山。所有的对话都在这样一而再、再而三的打磨之下成为"自我的反表述"——我没听到对手说什么，也不相信对手可能听到我说什么；相信我说什么的不管听到什么都会相信我，不相信我说什么的反正都得听我说。

越到晚近，我越发察觉一个核心的态度：人们不再去观赏自己理想或信仰所系的一方之论，而偏喜观赏自己已经厌恶而嗤鄙的敌营之论。因为信仰已经确立，立场不会更改，按开电视机要找的不过是可供讪笑的乐子，如此而已。于是而可以算计出一个极其荒谬的结论，那就是每一个立场鲜明的电视频道之收视率（及其广告获利），都是由恨之入骨的对手观众所打造出来的。从媒体和名嘴的立场看，我越是走偏锋、持险论，就越是能让那些明知我多言以及胡言乱语的观众益发看我不起；从受众的心态看，我越是能够且想要从敌对阵营荒腔走板的言论之中得到轻鄙之乐，就越是能为该媒体带来丰富的利润。

这样的说不是为了听；这样的听，也无关于理解。

以下是我五岁的女儿跟她七岁的哥哥一起玩耍的时候忽然冒

出来的几句话：

"我已经跟你说过了呀，你为什么没有传达呢？如果没有传达，这一切就报销了呀。我这边的作业停不下来，你怎么不知道事情的严重性呢？"

"今天你的表现很优秀，我很满意，希望你保持练习，一直到我觉得可以更合于制度一点的时候，那你就通过我这一关的逻辑了。"

"我觉得你可以买一颗 Tiffany 的钻石给妈妈，再买一颗给我，这样的状况已经很明确了，需要我再强调一次吗？"

她哥哥一面玩儿自己的乐高，一面连连应声。我趁妹妹不注意的时候悄悄问他："你明白她说些什么吗？"

"她在胡说八道。"

"所以你听得懂？"

哥哥摇了摇头，也低声回我一句："她不是说给我们懂的，好吗？"

谮，其深奥如此。但是我同时自誓：绝对不能再看电视论政节目，这对孩子的语言影响真是坏得太深远了。

譫譜

[行书]

譫妄烦乱，啼笑骂詈。——李时珍《本草纲目》

譫，今音读"瞻"，多言以及胡言乱语的意思。近些年，"多言以及胡言乱语"成了极其普遍的传染病。

33

信

总是在孩子的病征十分明显后，做父母的才会想起来：哎呀！早在某时某刻，孩子的作息神色已经异乎寻常了，怎么没能及时留意、防患于未然呢？

这一波的流行性感冒似乎也不例外。我只能匆忙把病苦涕泣的张容提早接回家，焦心等待着小儿科下午的门诊开始挂号，煮一锅稀饭，最多就是厌恨自己完全没有足够诊断病情的医学知识。孩子担心的事跟我很不一样，他低声下气地说出了他的期望："明天你要让我去上学。"

因为明天要月考。他的经验直觉应该是"爸爸明天绝对不会放我去上学的"，所以才会抱着枕头、流着泪这样说。

"月考是个屁，放了就算了。了不起以后补考，你紧张什么？"我说。

但是他不要补考。补考似乎是比生病还要严重而可怕的事。

"你还有大半天的时间可以休息，休息过来了，也许还能参加月考，这样可以吗？"我给喂了水、量了体温，再问他一次，"是不是要对自己的身体有信心呢？"

他摇摇头："我是对你没信心。"

我是个动辄戒慎恐惧、凡事大惊小怪的父亲，比起我的父亲来，我算没主意得多。记得儿时一旦生病，父亲总是三句话："恨病吃饭""恨病吃药"以及"恨病信大夫"。我对"恨"这个字最初的印象总是跟"病"连在一起。无论伤风感冒闹肚子甚或是肺炎，父亲先把这三句像咒语一样的话搬出来，有如逢年过节请出祖宗牌位供一供的况味。

"信大夫"几乎像是做人的基本道理一样，在我成长的岁月里发挥了重要的作用。用现在时髦一点儿的话说来就是："交付专业"。然而真实生活的内容不只如此简单。在我四岁那年，因为感冒并发支气管炎，拖得时日太久，又引发了肺炎，后来是被一个开了家"松元西药房"的钟大夫给救转了一命——那大夫在日据时代是个兽医，好像从来没有任何正式医院的问诊资历。

然而，我父亲基于"恨病信大夫"这五字真言（也可以戳穿了看：是因为没有住大医院做全面治疗的钱），于是选择了一个冒险的治疗方法：每天早晚两次，父亲背着我去"松元西药房"打抗生素。日后他对于这一段说来惊险的疗程十分得意，他认为是他阅人无数，识才明决，乃至于"恨病信大夫"这一原则起了根本作用。

我永远记得：钟大夫每打一针盘尼西林前，都会用小刀片儿在我的臂弯里画个十字，等皮肤渗出血来，再滴上少许的药剂，看是否会有过敏的反应。每当这个时刻，钟大夫就会问两句话，一句是："有什么感觉？"一句是："要努力相信自己的感觉。"

　　"要努力相信自己的感觉"——我一直觉得那是一句极陌生而很有美感的话，后来才明白：这叫"异国情调"。我猜想是一向受日本教育的钟大夫直接从日文里搬过来的。

　　这一天我跟张容说："如果我说明天一定会让你去考试，你会感觉舒服一点吗？"

　　他点点头，安心地闭上了眼睛。

　　这一次我没有说"恨病吃饭""恨病吃药""恨病信大夫"，我说的是："那你要努力相信自己的感觉。"

　　孩子居然笑了。

信

[草书]

信，诚也，从人从言，会意。——《说文解字》

你要努力相信自己的感觉。

34

最

对世界抱持着充分好奇的同时，孩子也开始在提问之中累积偏见。

差不多就从妹妹凡事摇着头抱怨："你说什么我都听不懂"的时候起，哥哥展开了他对"最"字的攻坚。"世界上最快的车是什么车？""世界上最大的桥在哪里？""世界上钢琴弹得最厉害的人是谁？""全宇宙最亮的恒星在哪里？"以及"我们家最胖的是谁？"这一类的问题之不好回答，或由于无法判断，或由于难以统计，或由于与时变化，或由于知识匮乏，或由于怕得罪妈妈，我经常无言以对，支吾个半天。最后总以"'最'这个字实在不好讲"作结论。

孩子需要就一个"最"字找答案，是因为他们需要在茫茫的知见之海中设定航标。那个"最"字不只意味着令他们咋舌称奇的新鲜事物，也象征着他们所能理解的世界尽头。我只好跟张容说："你每得到一个'最'字的答案，好像就对这个世界的边缘多了一点了解，可是偏偏这个世界是不断在改变的，说不定今天你知道的'最'到了明天就不'最'了；这一分钟你相信的'最'，或许早在上一分钟里也已经不'最'了。"

妹妹在这时摇着头，像是跟自己说："你说什么我都听不懂。"

"最"字带来的焦虑还不只如此。比方说，台湾人日后一定会记得他们在某一段岁月里曾经拥有过全世界最高的一栋大楼。每看到这栋楼，张容就会说："这真是全世界最高的一栋楼吗？"言下之意，对于和自己如此靠近的"最"，反倒仿佛难以置信。我总是这样说："在下一栋超过它高度的建筑物盖成之前，它都还是'最'高的。"

"那下一栋什么时候会盖起来？""那比它还高的那一栋会盖在哪里？""那会有多高？""那会盖成几层？"……骄傲尚未成形，焦虑已经满出来了。

即使就个别的字意来说，"最"字都有经不起柔软心肠之人深思直视之处。"最"字——不论作为"首要""大凡""集聚"或"总计"来解释——几乎都是晚出后成的意思，这个字更早的来历是"犯而取之"，所以从"冒"字，从"取"字，也就是豁出一切，不计代价以取得所谋者。是以古代在考核政绩和军功的时候，以上等为"最"。

如果我们再追问，"冒犯"又是怎么跟"取之"发生联系的呢？那恐怕就只有一个解释："轻忽生命"。"冒"是古代验看、盛装尸体的布囊，殓尸亦以此字称之。所以"冒"是宁死而必得，是以付出生命为手段的行为。整合起来看，能够不惜以生命为代价，取得所谋，则功成其最，那么，说"最"字是牺牲个人（冒而取）以完遂集体（最功）的一种价值观也就不为过了。

我年纪越大越怕事，所以看见"最"字便想起有人要轻忽生命了，就浑身不舒服，所以干脆跟张容这么说：

"'最'也许是一个年轻人喜欢用、甚至要追求的字，年纪大一点的人反而不随便用这个'最'字。"

妹妹接着问："是因为老人家最后都要死掉了吗？"

她说得相当有智慧，到了"最"后，人能取得什么呢？

最

［篆书］

最喜小儿无赖，溪头卧剥莲蓬。——辛弃疾《清平乐·村居》

你每得到一个"最"字的答案，好像就对这个世界的边缘多了一点了解，可是偏偏这个世界是不断在改变的。

35

秘密

秘密令人困扰，这两个字亦然。

它们通常是联绵而成义的，却又不像许多联绵字那样——如玫瑰、枇杷、尴尬之类——大体上是互许终身，很少与其他的字连接铸词。"秘""密"这两个字分分合合，也常叫用字的人以为本来就是互通无别的一个字。我小的时候有个老师，总爱将"秘"字发"bì"音，而且认为非如此不能分辨"秘"与"密"为二字。多年以后，我无意间翻砖头字典才发现：当作"bì"字读的时候，原先只是一个姓氏，姓氏用字总有隔于常读的惯例，后来再作为翻译用字，像 Peru 这个国家，写成"秘鲁"，就随姓氏之义而读成了"必鲁"。

即使从意义的讲究上说，秘字有不公开、难以理解之义；密字也有封藏、封闭的意思，看来又是可以互通的。还有就是字形上的问题。"秘"是"祕"的俗写，但是在我求学的过程里，有一段很长的时间，当然是受许多老师调教的结果，我居然把"秘"写成了衣字偏旁，而从来没有人纠正过我。有人读我写认字的文章，误以为我是文字学方面的行家，便拿平时容易混淆失错的字来问讯。

我接到的第一个 case 就是这个"秘"，陌生人寄发到电台来的传真纸上写着一个"衣"字偏旁的秘，立刻让我感觉亲切起来（他一定是我那个年代受教育的）。这位好学的人所提出的问题是："请教此字与'秘''祕''密'有何分别？如何应用？这几个字困扰了我半生，似无区别，又似不能不区别。如蒙教正，无任感荷。"

我立刻在纸上写了一首今韵打油："祕为正写没人写，秘是俗钞先写撇，一秘难知思未深，何如密字坚如铁。""秘"意之所以不公开，不令人知，实有深奥不能浮泛解说的哲学意义；而"密"则纯属加封加缄，不许外泄而已。

一旦有了秘密，人就差不多该知道自己长大了，快要有烦恼了。我最近在家里发现的秘密令人大吃一惊。

忽一日，张容一到校就冲进妹妹的大班教室，跟那儿的张老师昂声说："张宜偷偷喜欢班上的李育绅。"

那位张老师立刻比了个噤声的手势，说："这是我们女孩子的秘密哟！不要大声说。"妈妈当晚在饭桌上转述这件事，我立刻想到了该给个机会教育，就跟张容说："人家的秘密不要随便说，因为托付秘密是一种信赖，得到人家的信赖要扛起责任来。"接着，自不免是一大套跟责任、隐私有关的老生常谈，说来没什么高明之处，听得他也无趣极了。

张宜这时在旁边忽然打了个岔，说："没关系呀，我希望哥哥去说。"

我说："为什么? 那不是一个秘密吗? "

张宜说："秘密也没关系。"

"为什么? "

"因为我们班上有另外一个女生也喜欢李育绅。"

我说："那你要哥哥说出去是为了要让那个女生知道吗? "

张宜说："对啊! 她最好知道。"

我说："你有情敌了! "

接着我把"情敌"的意思跟张容、张宜大致解释了一下。之后我问张宜："万一李育绅比较喜欢另一个女生，你怎么办? "

张宜说："那也没什么呀，反正我将来长大也会交别的男朋友，也会跟别人结婚。"

秘

閟

[金文]
閟或即秘本字，盖以
手加力闭门使勿洩也

秘，神也，从示必声。——《说文解字》

人家的秘密不要随便说，因为托付秘密是一种信赖，得到
人家的信赖要扛起责任来。

36

罚

回想年幼之时，我的父亲总是一手执盏，一手翻看我的作业簿，除了订正错误，还会就课业内容之外的古典知识指微发末，那是令我倍觉温馨的庭训。偶尔发现前一次缴交的作业里有他未曾留心的错误，让老师给改出来了，还得罚写一行两行，就会笑着说："俺儿罚一行，俺也浮一白！"说着，"吱儿"喝上一大口。

念高中的时候，我在语文课某篇古典小说选文里读到这么一句："兄弟也为此浮一大白。"忽然感到这课文亲切起来。但是课文后边儿的批注并没有说明：为什么喝酒叫"浮"。我在家中取得"酒牌"，可以和父亲同桌而饮的某一天，忽然想起这句词儿来，举杯向父亲说："我且浮一大白。"父亲立刻停杯而问："你犯了什么事？为什么要'浮一大白'？"

"没犯什么事呀，不就是喝一杯吗？"我说。

"喝一杯、干一盏、仰一脖子……都是一个意思，唯独'浮一大白'不是随便说的,'浮一大白'本来是指罚酒的意思。浮者,罚也。你去查查书罢。"

书上果然有。《晏子春秋·杂下十二》:"景公饮酒,田桓子侍,望见晏子而复于公曰:'请浮晏子。'"这是"请罚晏子"的意思。《淮南子·道应训》:"寒重举白而进之约:'请浮君!'"这是"请罚君"的意思。《说苑·善说》:"魏文侯与大夫饮酒,使公乘不仁为觞政,曰:'饮不釂〔jiào〕者,浮以大白。'"这是"罚那些喝酒不干脆的人"的意思。

这些在汉代以前的史料,都说明了"浮白""浮一大白"这样的语汇都是指酒宴上的罚饮,非泛泛的饮酒而已。是我乱用成语,自然十分尴尬。回桌就座,搔头认错。可是父亲忽然话锋一带,指了指墙上的一幅字,又说:"可是为什么还有'一樽病起初浮白,连焙春迟未过黄'这样的句子呢?"

墙上那幅字是不知多少年前一位"国防部长"郭寄峤老先生给写的,所录者,陆放翁之诗《游凤凰山》也。我从来没用心看过:

> 穷日文书有底忙,幅巾萧散集山堂。
>
> 一樽病起初浮白,连焙春迟未过黄。
>
> 坐上清风随麈柄,归途微雨发松香。
>
> 临溪更觅投竿地,我欲时来小作狂。

从这首诗的上下文来看，"浮白"就是饮茶。宋代喝茶与现代不同，茶叶先细研为粉，再加水并搅打至起泡，这些浮沫呈白色，所以称为"浮白"，显然没有罚饮之意。看来是这个语汇离开先秦两汉以后，用法上有了实质的变化，"浮者，罚也"的意思不见了。中古以后的人用此语，纯指畅饮、满饮而已。如此绕了一大圈，可以说我原先所言并没有错；不过，也可以说我一连犯了两个不用心的错。父亲还是笑着说："你是该浮一大白，我陪着浮好了。"

　　多年以后，我手持一盏，看着儿子错漏百出的功课，浮了不知几大白，终于忍不住，摇头太息道："我要收回刚才的承诺，你改完作业之后不许再玩儿了，今天写写评量罢！"

　　就在这一刻，儿子的眼眶、鼻头都红了起来，他的妹妹则忽然大踏着步子抢上前，几乎撞翻了我手上的酒杯，昂着声儿冲我的脸说："你不可以这样对待你自己的小孩！"

　　"我怎么了？"

　　"你不可以这样对待你自己的小孩——随便处罚人家，还说话不算话！"说第二遍的时候，妹妹的眼眶和鼻头也跟着红了。我当然了解：哥哥不能玩儿，实则严重危害了妹妹的权益。

　　"算了，我浮一大白好了。"我说。

　　我的结论很简陋：非但狗不能复制，人不能复制，教几个文字这样简单的事，恐怕也是不能复制的。

罚

罰

[金文]

魏文侯与大夫饮酒，使公乘不仁为觞政，曰："饮不釂者，浮以大白。"——刘向《说苑·善说》

"浮白""浮一大白"都是指酒宴上的罚饮而已，非泛泛的饮酒。浮者，罚也。

37

厌

我有不少讨厌读书的朋友。他们不讨厌我,我也没有必要拿建立书香社会那一套陈腔滥调去讨他们的厌。不过生命中总有这样一种时刻,他们会忽然认真计较起来,跟我争一个理:"读那么些书干吗?"

真正读了不少书的人应该本着受惠于阅读之故而捍卫知识的尊严,他们也许有令人心服口服的答辩。而我自觉读书太少,没有野人献曝的资格,只好答说:"别的更不会了,只好读点儿书。"

可是在寒假期间,我无意间从女儿的困惑里发现了另一个答案。原来,她总在闹别扭的时候说:"讨厌爸爸!"问她:"为什么讨厌爸爸?"她是不会进一步给答案的,只重复一句:"讨厌爸爸。"有一天,在重复了这一句之后,她忽然大惑不解地喃喃自语起来:"为什么'讨厌'的时候要说'讨厌'呢?"

是呀!为什么会是"厌"这个字呢?我想起《诗经》里用这

个字的时候表现的意思还是"苗草盛美"之类的意思呢。越是接近《诗经》那个时代的文献里使用的"厌"字，反而越多正面的意义。

作为"饱足"之义的"厌"，见于《老子》；作为"满足"之义的"厌"，见于《左传·僖公》；作为"合乎心意"之义的"厌"，见于《国语·周语》。即使读音成平声（如"烟"字），取义为"安然""和悦"之貌的"厌"，也在《荀子·王霸》中出现。还有一个如今已经阵亡了千年以上的音义组，就是发音如同"揖"字的"厌"，意思也就是作揖——只不过我们寻常熟知的作揖是抱拳向外推拱，而"厌"则是抱拳向内牵引——这个行礼的讲究，具载于《仪礼·乡饮酒礼》。

整个儿看起来，"厌"字跟一个人吃饱喝足了之后，感到惬心满意、神情和悦的这么一个状态有关。正因为饱足满意这个状态是不容许失其节制，甚至不应该贪欲其长久维持的，于是，"厌"的负面意义便如影随形地浮现了。老古人使用"厌"字表达怨憎不喜之意，或多或少是基于对"吃饱喝足，惬心满意"的戒慎疑惧之心罢？

我把这一大堆意义和用法用最简单的白话文和生活中常用到的实例解释给张宜听，到末了她只对"抱拳向内牵引"的动作有兴趣——所幸的是：当下就忘记了"讨厌爸爸"。

几天之后，她和我的同事聊起寒假来。我的同事随口问道："寒假好玩吗？"张宜说："一开始还不错。"

"那后来呢？"

"还是天天要去《国语日报》上课呀。"

"上什么课？"

"就是玩桌上游戏呀，下老鼠棋、跳棋、这个棋、那个棋，一直玩一直玩一直玩。"

"那不是很过瘾吗？"

"一直都在干什么一直都在干什么，有点讨厌。这就是'讨厌'的意思，你不懂吗？"

我的同事摇了摇头，她显然不太懂张宜的意思。但是，就在那一刹那之间，我发现了"读书干吗？"的另一个答案：一起分享了某种知识的人自有其相互会心的秘密乐趣。

然而这不是张宜的结论。张宜当下支起腮帮子，露出无聊至极的表情（诸如"这一成不变的寒假"之类）接着，她跟我的同事说："唉！所以我想换工作了。"

厭

猒

［篆书］

学而不厌，诲人不倦，何有于我哉？——《论语》

"厌"字跟一个人吃饱喝足了之后，感到惬心满意、神情和悦的这么一个状态有关。

38

选

　　初进小学的张容与当年初进小学的我有一点很相像——我甚至推己及人地假设：所有初进小学的人，在这一方面都很相像——那就是随时在比较"哪个小？哪个大？"。

　　在我的小学经验里，股长比排长大，班长比股长大。老师大过班长，主任更大过老师。大莫大乎校长，但是看起来督学比校长还要大。真是人上有人，天外有天。有一年台北市长选举，村子里统一宣传让大家选国民党的周百炼，最后是无党籍的高玉树当选了。投票那天，我问父亲："市长大还是县长大？"他想了想，挥舞着手里的投票通知单、身份证和印章，说："今天我选，我最大。"

　　投票总在星期假日，记忆之中往往透着点儿格外造作的晴和，父亲那句"我最大"也和晴暖的天气略近，显得不大真实。日后想来，所谓"民主制度"，基础就是在这里开始晃悠的——只有在投票的这一刻，选民最大，其余的时候呢？

"選（选）"这个字的字根是八卦之一，名曰"巽"，今音读若"训"。在八卦所显示的方位上，表示东南。我们读《水浒传》，读到智多星吴用赚骗玉麒麟卢俊义造反投靠宋江，就唬弄他往"巽位——东南方千里之外"去避一场劫难。以大名府（北京）相对位置来说，当时那巽位之所在，所指的就是梁山泊。

问题来了：梁山泊乃一百单八将所盘踞，天下至刚至强之所在，为什么《水浒传》的作者反而要以卢俊义处身的北京为相对坐标，来显示梁山泊处于"巽"位呢？巽，不是卑顺、谦让之地吗？《易·蒙》不是说"童蒙之吉，顺以巽也"吗？

这里有两层意思可说。一方面，卢俊义日后是要坐第一把交椅、统领山寨的，所以对卢俊义而言，整个儿山寨都是以北京作中心的巽位（东南卑顺之地）；另一方面，为什么要显示梁山泊也是一个"卑顺、谦让之地"呢？这就跟宋江一心一意想接受招安的心态有关了——他毕竟是一个打从心眼儿里想在"正常人"的阶级社会中论资排辈混出身的政客，到水浒落草的豪杰们不过是他重返官场、飞黄腾达的垫脚石而已。换言之，整个儿梁山泊面对天子（封建社会的价值核心），还是只能"柔巽隐伏"而已。巽字这个"拥有绝对的实践力量，却柔顺谦退"的本质，早在《书经》里就揭示过了，《书·尧典》里明明白白将"践履"天子之位的关键词写成"巽"："朕在位七十载，汝能庸命，巽朕位。"

"选民"，不论解释成上帝情有独钟的对象，或者手握投票通知单享受阳光照耀的老百姓，都是一组自相对反的意义的组合。相对于被选举的政客们，选民看似至强至刚，然而不过刹那间事而已；相对于上帝，选民更是永远的奴仆、草芥或刍狗。然而最有趣的是：一旦置身于"选"之一事，不论是可以选择，或是可以被选择，人都似乎因之而脱离了那个"柔顺谦退"的地位，"拥有绝对的实践力量"。

当我把这个"选"字仔细跟张容解释过之后不久，他开始教导妹妹玩一个游戏："让我们来选"——"让我们来选全家最胖的人""让我们来选全家最凶的人""让我们来选全家最懒惰的人"……

这个游戏最新的发展是："让我们来选全世界车子最脏的人！"

"你看到的世界还很小，好吗？"张容的妈妈很不喜欢这个让她难堪的题目。

"你可以洗车，也可以投废票，但是不能阻碍民主。"我说。

"让我们赶快来选全世界车子最脏的人吧！"妹妹很高兴又有一个举手的刹那即将到来，彼时她和所有其他的人都一样大了。

選

[篆书]

大道之行也，天下为公，选贤与能，讲信修睦——《礼记·礼运》

一旦置身于"选"之一事，人都似乎因之而脱离了那个"柔顺谦退"的地位，"拥有绝对的实践力量"。

39

编

我那北京表哥欧阳子石没怎么把写小说这事看在眼里，他用了句歇后语形容我这一行："可不就是吃铁丝儿、拉笊篱——肚子里编罢？"我当个笑话转述给父亲听，他沉默了几秒钟，接着说："子石这不是太恭维你了吗？"

"把小说比成屎，算恭维么？"

"起码笊篱还能捞面条呢！"父亲说，"还有——别忘了——编成的笊篱不改常，还是如假包换的铁丝儿。"

"改常"者，改变事物原来的性质也。十分显然，我父亲的意思是，他对小说——起码对我写的小说——的确不怎么满意。他第一次不经意地流露出来，让我有些吃惊。

这是一九八八年春天的事，我年逾而立，除了写小说，真不知道还能干哪一行。可是父亲那玩笑话里的意思，仿佛写小说毕竟就是扭曲材料的形貌，甚至改变其本质，使成无所用之物。

我当下的反击如此："只见你成天抱着本小说，也没见你抱着个笊篱。"

父亲是一笑置之，没跟我计较。过了好几年，某日，他捧着我新出版的书，前翻翻，后翻翻，喜滋滋地说："这个有意思，这个有意思。"

那是本《少年大头春的生活周记》，原先以专栏的形式刊登，他每周都会看，甚至篇篇做成剪报活页，一旦结集成册了，居然还有如此新鲜的兴味，这让我有些不解，遂问："你不是每一篇都读过了吗？"

"编在一块儿看不一样。"他从老花眼镜上方盯着我，表情严肃起来，"单篇单篇零碎着看，不觉得这小孩子跟你有什么关系；从头到尾整个儿看，就看出这小孩子是你了。呵呵！反倒是编成了笊篱之后，才知道这是拿一根一根的铁丝儿编的呢！"

编，原意是指串联竹简的绳索，也用以形容顺次排列、连接或收辑各种有形无形的事物。然而，"编"字还有完全不同的、另外一面的意思，那就是"捏造"了。

子石表哥的歇后语原本是借用"编"字两种不同的意义，产生谐谑的讽刺。但是就我父亲的体会而言，意义似乎还要往里推进一层——编织而就的作品会借由整体的样貌突显出个别材料的真实性，甚至因为这种还原于材料的真实性而带来阅读的快感。说来的确有些玄，仿佛是一种反常识性的体会，我们如何跟人说明，是在看见一整张竹席之后，才明白一根一根个别的细条纹里是如假包换的竹篾子呢？然而事实似乎就是这样。从一部完整的作品所发现的真实，竟然来自个别细节相互之间的共生关系。

对我而言，《少年大头春的生活周记》反映了多少真实的我？或者呈现了多少值得我去记录的少年生活？这永远是无稽而懒惰的问题。我宁愿反复思索、不断反刍的一个场景则是父亲从老花眼镜上方看着我的表情。那情景告诉我：他还记得几年以前他和我那一段不经意暴露出相互傲慢的对话。

对了，不能不说说我怎么忽然想起"编"这个字来了——这是由于张宜的缘故。她带去幼儿园的水壶一径是满的，又带回家来了，可以想见，她一整天都没有喝水。我问她缘故。她神秘地眨眨眼，说："你要听真的，还是编的？"

编

[甲骨文]

春秋编年，四时具而后为年。——《谷梁传》

编，原意是指串联竹简的绳索，也用以形容顺次排列、连接或收辑各种有形无形的事物。然而，"编"字还有完全不同的、另外一面的意思，那就是"捏造"了。

40

壐

有些字实在离我们远去了。你看到它们，会因为太陌生而产生好奇，试着念它的上边儿，试着念它的下边儿，或者左边儿右边儿；心存一些些侥幸，仿佛是有极其微小的可能误打误撞地说对了。不，他们其实比你失去联络四十年的小学同学还难以辨认。它们离开了常人常识的世界，要人花心思去认得这样的字，有一点接近去为鬼唱名的意思。

然而有些人一向相信：鬼的确是存在的。它们悄悄混迹于人间，甚至为人间之驱使者所运用，多半随时生活在你我的周遭，但是形貌音容不能为生前交亲之人所复辨，其僝僽〔chán zhòu〕可想而知。

字也是如此。一旦那意义的需求存在，人人能言之道之书之解之，则彼字一息尚存，吾人永矢弗谖〔xuān〕，活上个几千年，也司空见惯。然而短命甚至夭寿的字，若非"假鬼道以续命"，恐怕就只有留待那些泥古成痴的人去把玩、欣赏、惋叹了。我父亲在我很小的时候就警告过我："某字某字所从来不易，若不善加珍摄，眼见就要一命呜呼了。"父亲用的是一种玩笑语气，说的是一个个不起眼的僻文奇字，听在耳朵里，却颇令年少的我油然而生凭吊不舍之感。

"假鬼道以续命"就是父亲打的比喻。那是因为有一回我问他："'打破砂锅问到底'是什么意思？为什么打破了砂锅要问到底？"

答案一点儿也不新奇："璺（音'问'）到底"实是"打破砂锅"的隐语。自从出现了"璺"这个字以后，它从来没有过别的意思，所指即是陶瓷玉瓦石骨一类器皿上出现的裂纹，在托名为扬雄所写的汉以前古地域词汇书《方言》里，有"器破而未离为之璺"，到了唐代的孔颖达注《尚书·洪范》的时候，还能明确说出：古人用烧灼龟甲的方式作占卜，解释占卜结果的依据，就是龟甲上能够出现五种"璺坼"的形状——"其璺坼形状有五种，是卜兆之常法也。"

随着古代封建制度的崩溃，占卜的形式在中古以后彻底改变了，更多不同阶层的人参与了占卜事业，也发明了许多新的占卜方法，使能得到更快捷简单的答案，以及架构更丰富玄邃的解释系统，这烧灼龟甲的勾当就此算无声无息地结束了。没有人能够辨认"璺坼"，也就没有人在乎烧灼龟甲而显现的裂痕还能兆个什么东西了。上帝与时俱化，掌握更新的沟通工具——宜哉璺之亡也。

但是在民间代代相传的地方语言里，璺恐怕一直未曾远离裂纹之义，"打破砂锅璺到底"乃经验常识——砂锅质脆，一触即裂，这是一句不消多作解释的废话。但是作为一句歇后语，用"璺"以射同音字之"问"，加之还兼具打破砂锅的小小暴力，就显得问出一个究竟的坚决程度了。

然而已死之字不容易复生，可怜这个裂隙之义的本字"璺"果然与大多数的国人无缘，在我多年来乱数随机查访之下，能写出此字来的人寥寥无几。我是直到最近才摸索出原因的——

当我跟快满六岁的张宜说："来，跟爸爸学一句'打破砂锅问到底'的道理罢！"

"为什么？"

"你没听说过'打破砂锅问到底'吗？"

"是'打破砂锅你要赔'吧？哈哈！"

我坚持一笔一画教了她这个可以画出会意图像的字来，言语间还不时地表演出森森然的妖灵之气："一个像鬼一样的字哟！像鬼哟——"

等我把这"璺"和"问"两字说得不能再清楚之后，张宜说："你又不是在学校，干吗这么有学问哪？哈哈！"

"璺"这种鬼字没人关心，因为大家都知道：出了学校就什么都不必学也不必问了。

送
给
孩
子
的
字

璺

[金文]

器破而未离为之璺。——《方言》

已死之字不容易复生。自从出现了"璺"这个字以后，它从来
没有过别的意思，所指即是陶瓷玉瓦石骨一类器皿上出现的裂
纹。可怜这个裂隙之义的本字"璺"果然与大多数的国人无缘，
能写出此字来的人寥寥无几。

41

不言

小时候听父亲说诗，总期待一两个笑话，父亲是拿笑话钓住我，我则一贯以为笑话就是诗的本质了。

比方说，在讲到某一首诗的时候，他会这样说："这是写我跟你表大爷哥儿俩在山里喝着酒，遍山头都是野花，那花儿在旁边儿一骨朵、一骨朵地开了。咱喝一杯，它开一朵；它开一朵，咱喝一杯；你一杯，我一杯；我再敬你一杯，你也再敬我一杯。这么喝着喝着，一猛子喝醉了，我就跟你表大爷说，你回去吧，我要睡大觉了。要是还有兴致的话，你明天抱着胡琴再来喝罢。为什么要抱着把胡琴来喝酒你知道吗？你表大爷就那把胡琴能值几个钱，卖了还兴许能买两瓶五加皮，那就再喝一宿。"这里头有什么好笑呢？有的。那把琴根本不是表大爷的，是我父亲的——也值不了什么钱。可一让他说成是表大爷好酒贪杯、卖琴买醉，我就止不住地笑起来。

这是李白的《山中与幽人对酌》："两人对酌山花开，一杯一杯复一杯。我醉欲眠卿且去，明朝有意抱琴来。"——我秉承诗教的开始。父亲当时并没有多作解释——原诗的第三句是一个十分惯见的典故，借的是《宋书·陶潜传》形容这位高士："若先醉，便语客：'我醉欲眠，卿可去。'"上了大学、认真念起陶诗以后，读到这段来历，还是会因为想起墙上挂的那把胡琴而笑出声来。

数十年过去了，于今想来，恐怕正是那样的诗教唤起了我对于古典诗的好奇。通过诗，仿佛一定能够进入一个"字面显得不够"的时空。当我面对一首诗、逐字展开一个全新旅程的探索之际，躲藏在字的背后的，是"一骨朵、一骨朵"出奇绽放的异想。在"有尽之言"与"无穷之意"的张力之间，诗人和读诗之人即使根本无从相会、相知、相感通，但是他们都摆脱了有限的、个别的字，创造了从字面推拓出来的另一个世界。就好比说陪李白喝酒的那位"幽人"倘若果真抱琴而至，所抱者当然不会是胡琴；而诗之无碍于以情解、以理解、以境解者，就在"当然不会是"这几字上。

张容开始对我每天像做早操晚课一样地写几首旧诗这件事产生了兴趣，有一天趁我在写的时候，忽然坐到我腿上问起："你为什么每天都要写诗呢？"

"我想是上瘾了。"我说。

"像喝酒吗？"

"是的，也许还更严重一点。"

他想了想，绕个弯儿又问："你不是已经戒烟了吗？"

"写诗没有戒不戒的问题。"

"为什么写诗不可以戒掉？"

"写诗让人勇敢。"

"为什么？"

我的工作离不开文字，但是每写一题让自己觉得有点儿意思的文字都要费尽力气，和字面的意思搏斗良久，往往精疲力竭而不能成篇。之所以不能成篇，往往是因为写出来的文字总有个假设的阅读者在那儿，像个必须与之对饮的伴侣。有这伴侣作陪，已经难能而可贵了，写作者却还忍不住在自醉之际跟对方说："卿可去！"特别是在诗里，此事尤为孤独，尤为冷漠。

离开字面这件事所需要的勇气，我要怎样才能教会他呢？我想了很久，居然没有回答。

诗

[篆书]

两人对酌山花开，一杯一杯复一杯。我醉欲眠卿且去，明朝有意抱琴来。——李白《山中与幽人对酌》

当我面对一首诗、逐字展开一个全新旅程的探索之际，躲藏在字的背后的，是"一骨朵、一骨朵"出奇绽放的异想。

42

祭

　　我老记得小时候读注音版的《封神传》里最迷人的一个字是"祭"。

　　不同于我更早学到的字义："供奉、拜祀祖先神明的仪式"——不，不是那样。广成子"祭"起诛仙剑，是为了要杀妖鬼；哪吒"祭"起乾坤圈，是为了要打神将；还有三头、三眼、六臂，身上配挂着落魂钟和雌雄剑的殷郊——当他"祭"起翻天印的时候，连哪吒都给打下了风火轮，生擒于阵前。

　　殷郊！这是整部《封神传》里最让我惊心动魄的一个角色：一个多年前生身母亲被父亲纣王剜去一眼、炮烙而死，自己也遭到再三的追杀、驱逐的皇太子。他夺命而逃，仅以身免，修炼道术多年之后，准备下山帮助姬昌和姜子牙的西岐大军讨伐纣王，却于无意间听信了申公豹的谣言，站到"革命军"的对立面去，反而阴错阳差地成为邪恶父王的爪牙。

殷郊的下场很是凄惨，他的师父、师伯甚至祖师爷们联手展开几面旗子，再三拦截，不让"祭"起的翻天印落地。殷郊只得用翻天印向山中间打开一条生路（比起持杖分开红海的摩西可是不遑多让）。殷郊原以为这样就能逃出天罗地网，孰料来了个燃灯道人，双手忽地一合十，居然让分开来的两座山向里夹了，恰恰将殷郊的身子挤住，单单露出个脑袋在外头，到末了收拾殷郊的还是他师父广成子，这狠心的师父跟一个叫武吉的帮闲推犁上山，把殷郊的脑袋犁成了一片一片，魂魄飞往封神台去也……

犹记得日后上《史记》课，当老师用"悲剧英雄"一词形容西楚霸王项羽的时候，我脑际立刻闪出了一个三头六臂的丑汉——那殷郊，"祭起了翻天印"，与任何人捉对厮杀都堪称无敌，却被"克烂饭"犁成了一条吐司面包，这才叫悲剧英雄呢！

"祭"，一个会意字：右边的手捧着左边的肉，放上祭台。这样落实的一个动作，可会之意还有待进一步的升华——"祭"字本义的完成不是把肉放置在礼台上就算了，还有字面之外的程序。致祭者还要点香、燃烛，让接目可见的袅袅轻烟向无尽的穹苍飞去。"祭"是从这个人与天的交际而转变成一个具有"抛升"意象的字；而《封神传》的作者则是第一个将"祭"字扩充成"抛掷"的诗人。

可惜的是，新版的注音本《封神传》却把这"祭"字全都改成了"抛""丢""扔"。出版编辑怕孩子不懂，却不知道孩子原本不需要注解就能自动扩充那"祭"字的动作意义，这正是他们识字的权利。

一对从花莲来的姐弟分别和张容、张宜年岁相当，初次见面，各自施展绝活儿准备收服对方。花莲那弟弟说："我是属大鲨鱼的。"张容说："大白鲨只有六到八公尺——我是属蓝鲸的，我有四十公尺长。"花莲弟弟接着说："那我是属机械龙的。"一旁的阿姨大概是想要岔开这个烽火对峙的话题，连忙补了句："弟弟最喜欢的玩具是飞机。"张容逮到了机会，立刻夹动双肘，学着母鸡的模样，说："是会飞的鸡吗？"花莲弟弟登时大哭着了——他祭起的"翻天印"落不下来，张容则有如推犁上山的广成子，脸上露出胜利的微笑。

我事后对张容解释"祭起翻天印"情节的时候，就用了他和花莲弟弟之间的唇枪舌剑作例子，说："你们小朋友就会'祭'起一些话来砸人，这样懂吗？"张容说："就是乱放话嘛！当然懂啊。"

祭

[篆书]

祭，祭祀也。从示，以手持肉。——《说文解字》

"祭"是一个会意字，指供奉、拜祀祖先神明的仪式。《封神传》中"祭"字发展出"抛掷"的意象，如哪吒"祭"起乾坤圈。

43

局

　　小兄妹把两条跳绳相衔接绑紧，从三楼梯口垂下来，上端压上一只绣花鞋，下端悬空，要让楼下经过而好奇的陌生人去拉另一端。我听见他们在布置这陷阱的时候低声说："我们不要玩很可爱的游戏，要玩恶作剧才行！""对呀！一定要玩恶作剧才行。"然而，家里面有谁是陌生又有好奇心的人呢？

　　过了不多会儿，哥哥来到我书桌旁边："你要不要经过楼梯一下。"我说不要。"你要不要看看我们家出现一个奇怪的东西？"我说不要。妹妹走过来大声对哥哥说："你这样讲他当然不会被骗呀！"接着转脸冲我说，"你想不想被很软很软的鞋子打到头呢？感觉不错哟！"

　　"我不是笨蛋，休想叫我入你们这个局。"

　　"入什么我听不懂。"妹妹说。

　　结果他们入了我的局了。通常这一招儿十分有效：当我希望他们学习某一个单字、运用某一个词汇、锻炼某一种句法的时候，总是先让他们听不懂我说的话。当他们觉得这个字、这个词、这个句子值得探究，甚至是大人们想尽办法，刻意隐瞒，不欲使孩子得以接闻的那种神秘知识，就一颗爆发的好奇之心而言，只有"沛然莫之能御"足以形容。

我随手扯张纸，画了个弯腰驼背的老人，驼曲之处特别画了个圈儿，告诉他们：这是弯曲的脊椎骨。妹妹自觉眼尖，说："你在画奶奶吗？"算是吧？我说。

"局"这个字本来大约就是个佝偻之人的模样，不论是病老骨弱的生理问题，还是委屈难伸的精神状态，此字大约就是从体态之写实而来的。由弯曲、委曲而表狭隘、仄窄，似乎顺理而成章。但是我猜想几乎就在橐〔tuó〕驼之义形成的不久之后，"拘限""囿域""范畴"这一个意义群也出现了，显然是佝偻这形貌能够引起的第一度联想所致。接着而来的便是"权限"。

在指称一个特定的行政单位，比方说前清的"外事局""文化局"；到今天的"刑事局""新闻局""教育局"，这都是从一个"分别和限定事权"的观念出发的。至于在中古六朝时代就已经出现的泛称"当局"，其"拘执""偏见"的语意就更值得一论了。

"当局"二字无疑从对弈而来。这个从汉代就开始运用的词汇一向是和"旁议"对立，而且总强调着一种眼界清明与否的差异——"当局者迷，旁观者清""觉悟因傍喻，迷执由当局"。对于谁看得清楚问题、谁看不清楚问题，中国的知识界几乎有一种宿命的成见，认定"博（下局去赌）者无识"而高见反而来自局外。结构中人不能自反而缩，远见也好、洞识也好，都不能从酱缸里捞取，而得靠旁观、靠异议。

"局"字的变化尚不止此。正因为"拘限""范畴"以及"权限"，使得它还具备了"按照一定规则从事"的意义。在加西亚·马尔克斯的大名著《百年孤独》里，那个元气淋漓的老布恩迪亚不喜欢下棋，因为他觉得"定了规则的游戏还有什么好玩儿的？"所以棋局、赌局、政局、骗局之同质者在此——都是设计出一套使人认真经营、以身相许的规矩，不自外也不能见其外的游戏。

这一天，我说了很多"局"，小兄妹一直耐心地听着，不时看看纸上那个奶奶，似乎对于"局中人"流露出些许的同情。但是，妹妹的结论很直接，她挑起双眉，指着楼梯口垂下来的跳绳握把："你要不要去拉一下？"

局

[篆书]

局，促也，从口在尺下，复局之。——《说文解字》

"局"这个字本来大约就是个佝偻之人的模样，由弯曲、委曲而表狭隘、仄窄，似乎顺理而成章。

44

橘

　　已经过了橘子结实的季节，再想要闻到新剥绿橙皮的刺鼻香味，还得等上好几个月。孩子无意间的一个玩笑，让我怔怔地忆起那香味，好半天回不过神来。那是因为张容在应用"入局"这个字的时候，说的是："张宜！我要设计一个橘子让你进来倒大霉。"

　　"橘子那么小，我怎么进得去呀？你真笨！"张宜笑着跑开了。

　　我尽可能摆脱了对橘子香甜滋味的怀念，在一旁插嘴了："是有人能跑进橘子里去的故事，你们都过来。"

　　那是唐代牛僧孺所写的《玄怪录》里的一篇《巴邛〔qióng〕人》。这个巴邛地方的人，不以姓名传世，我们只知道他的家里有一片橘园。一年秋霜之后，橘树结满了果实，大多形体如常。个中却有两只大橘子，每一个约有容积三斗的瓮那么大。巴邛人十分好奇，便叫人上树摘下来。

　　说也奇怪，那么大个儿的橘子，居然和一般的果实差不多轻重。剖开之后，每个橘之中出现了俩老头儿，鬓眉皤然，肌体红润，四个人两两对坐，正在下象戏呢。老头儿们身长只有一尺多，对弈之际谈笑自若，橘子剖开后，一点儿也不显害怕，依旧相与决赌。

赌完了，一个老头儿跟战败的对手说："这一局，你输给我海上龙王第七女髲〔bì〕发十两、智琼额黄十二枝、紫绡帔一副、绛台山霞宝散二庚、瀛洲玉尘九斛、阿母疗髓凝酒四盅、阿母女态盈娘子跻虚龙缟袜八纳，后日到王先生青城草堂还我。"

另一个老头儿接说："王先生答应要来，竟等不到——说起这橘中之乐，还真不亚于商山呢！可惜不能够深根固蒂，被个蠢东西给摘下来了。"

又一个老头儿说："我饿了！来吃点儿龙根脯罢。"随即从袖子里抽出一枝草根，方圆约可寸许，形状婉转，像一条比例匀称、具体而微的小龙。这老头儿说时还真掏出一把刀子来，一刀一刀削那龙草吃，而"龙根脯"随削随长，也不见消损。吃完之后，老头儿忽然喷了一口水，把那"龙根脯"噀〔xùn〕成一条巨龙，四个人便一起骑乘而上，但见脚下的白云泄泄而起。须臾之间，风雨晦暝，转瞬即不知所在。巴邛这个地方的人都说："这事儿传了几百年，可能原先发生于南北朝末期的陈、隋之间，但不知真确的时代而已。"

故事里始终没能出现的王先生之所以姓王是有趣的。"王"字不消说是统治者的代表。这是为什么其中一个老头儿会感叹"橘中之乐，不减商山"的缘故。

"商山四皓"是一个常见的典故。东园公、甪〔lù〕里先生、绮里季和夏黄公四位秦博士，原来都是那个好侮慢读书人的刘邦所不能罗致的名贤，长年隐居在商山之中。却因为张良的建言，由吕后"卑辞厚礼"的征聘，成为保护太子刘盈的羽翼之师。这是汉初政局初获稳定的一个关键。

　　但是《玄怪录·巴邛人》的故事却用两颗大橘子讽刺了这四个老人的隐士面目：原来再孤高的隐者都还是能罗致到"局"中来逞一逞对博之势，并获取相当乐趣的。"橘（局）中之乐，不减商山"就是这样一个感叹。质言之：如果不是经常冒着被贬逐杀戮的危险（"但不得深根固蒂，为愚人摘下耳"）又有什么好隐的呢？

　　你从孩子的身上可以看到这一点：人类生而就注定是局中人，争胜，争强，争名利，争是非，争一切可争之物——而所谓"隐"，几乎要算是不正常的了。

　　例句：

　　张宜："好！现在，为了父王的荣耀，我要发动连环攻击了！攻啊——半瓶醋小叮当来了！"哥哥这时纠正她："是半瓶醋响叮当！""明明是半瓶醋小叮当！你不要乱讲，以为我不知道……"

送给孩子的字

橘

橘

[篆书]

橘中之乐，不减商山。——《玄怪录·巴邛人》

你从孩子的身上可以看到这一点：人类生而就注定是局中人，争胜，争强，争名利，争是非，争一切可争之物——而所谓"隐"，几乎要算是不正常的了。

第三辑

字的教养剧场

　　我怀念那转瞬即逝的许多片刻，当孩子们基于对世界的好奇、基于对我的试探，或是基于对亲子关系的倚赖和耽溺，而愿意接受教养的时候，我还真是幸福得不知如何掌握。

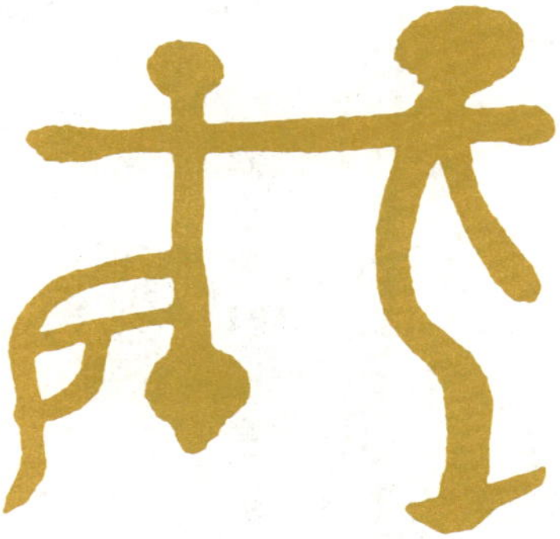

45

让

　　我常回想起四十多年前的一幕，三坪不到的客厅里，父亲坐在一张藤芯儿凹陷了的椅子上，我坐在一张附有可翻叠黑板和条凳的小书桌前，当时我们家里连个书橱都没有。父亲忽然十分高兴地宣布："部里要报废一批物资，让给我了。我们就要有个书橱和大书桌了。"

　　书橱是一个六尺高、三尺宽，上下五层，装着玻璃门的老旧木柜。书桌则方面高大，斑驳笨重，感觉上占据了小客厅所有的空间；所幸附有三个抽屉，可以收纳我所有的小玩意儿。我永远不会忘记，一辆军用小卡车把这两样东西、连同两个母亲觉得比较实用的公文柜载到巷口，接着，父亲和两个制服军人淌透了浑身汗水，一起卸货时的情景。"新家具"就定位了，父亲先把一部《诗经》、一本《古文观止》放上了第一层最左边的位置，回头跟我说："连书橱都有了，咱们不能不算读书人了罢？"

这真是一个带些辛酸自嘲的玩笑。

对于"国防部"来说，这几款"破箕烂担"的东西可能还有碍观瞻；但是自从有了"新家具"以后，父亲经常会从重庆南路的书店门口翻拣些廉价的风渍书回来充实橱柜。有一回，我听见他和店家这么说："价钱不能再让一让吗？"

爷儿俩抱着书回家的公交车上，我问他："我们买书，为什么要老板'让钱'？"

他想了很久，才说："让是给好处的意思。你比方说待会儿上来个老太太，咱就要起来，让老太太坐下。不过，'让'字也不全是指给好处，这个字嘛——一时半会儿说不清楚的。"

他的确没说清楚，不为别的，下一站果真上来个老太太，他把座位给让了，书都堆给我抱着。

此后我再念起这个字来，他不一定在身边；他在的时候，我也未必想得到要问。大约只凑巧赶上一次，他在屋后小厕所里，大概是忽然间心血来潮，隔着木门没头没脑地跟我说："你知不知道？这屎拉不出来是件难受的事，可要是忽然间通了，那一下痛快淋漓，也叫作'让'！"

中文系的学生大约在新鲜人时代就会撞上这个"让"字，也许出自《左传》，也许出自《史记》，也许出自任何一本著名的古典小说，书上要是有批注，往往也会吓人一跳："让"字居然还有用酒食款待的意思，还有邀请来往的意思，还有请安问候的意思，甚至还有责备的意思。

我跟张容、张宜会用上这个字，纯粹是为了维持家庭秩序之故。那一天，我看做妹妹的扰她哥哥已经到了无理取闹的地步，遂心生一计，说："张容，我经常跟你说：要'让'妹妹、'让'妹妹，你觉得要不要把这个'让'好好说明一下? 你们俩都应该搞清楚：'让'是一种特权呀，也有修理人、责备人的意思呀。"

　　"真的吗? "张宜眼睛一亮，显得十分有兴趣。

　　"对呀! 中国古人一旦说某甲'让'某乙，那一定就是说，某甲把某乙狠狠教训了一顿。你觉不觉得，什么事都叫哥哥'让'你，这有点不公平罢? 你也应该可以'让让'哥哥罢? "

　　张宜点点头，可是随即猛地摆起手来，说："算了，我实在不想教训他，还是都叫他让我好了。"

譲

譲

[篆书]

让，相责让，从言襄声。——《说文解字》

"让"是一种特权，也有修理人、责备人的意思。中国古人一旦说某甲"让"某乙，那一定就是说，某甲把某乙狠狠教训了一顿。

46

罾

赵翼《瓯〔ōu〕北诗话》是一部非常有趣的书——趣之所系，与一般着力于寻章摘句的诗话迥然不同：作者经常意不在诗，而在世故人情的洞见。味得其情，往往不觉失笑。我像个傻子一样笑着的时候，张容忽然从房门外闯进来，有如连赃带证拿获了人犯，指着我说："你在笑！"妹妹也跟着冲进来："对！你在笑。"我说是。兄妹俩互相张望一眼，张容说："你在笑什么？"张宜则对哥哥说："对呀，他在笑什么？"我摇了摇手上的书："笑这个。"张容说："是笑话吗？"张宜接着说："讲给我听。"

那就一定不好笑了——我在心里说。然而，转念一想：就让我们试一试罢！

赵翼不知从哪儿读到一首出自明人手笔的七绝，其诗如此：

一自蛾眉别汉宫，琵琶声断戍楼空。

金钱买取龙泉剑，寄与君王斩画工。

个中故事很浅显，说的是昭君出塞的心情。众所周知：世传王昭君非但天生丽质，且善度音律，堪称色艺双美。就因为没有打点好宫中画师毛延寿，毛衔怨而刻意把王昭君画得极丑，以致遭到遣送匈奴"和番"的命运。诗不是什么好诗，落在严肃的诗家手里，不定还会贬为"书场里的七字唱"。但是赵翼别具只眼，于引录此诗之后如此写道："此则下第举子，藉以詈〔II〕试官，非真咏明妃也。"一首诗不当诗看，而当骂架的话看，却为原本诗质不佳的作品开发了隽永幽默的风致。我是因为这品味而笑的。

小兄妹俩在毛延寿丑化王昭君那里还听得津津有味，到了我解释"落第举子""试官"这儿就只能用坐立不安来形容。尤其是当我一面写、一面解那个"詈"字的时候，他们实在难以忍受了。但是我总不嫌话多，一径讲下去："詈就是骂，但是骂人不一定要凶、不一定要发怒、不一定要用表面上很坏的字眼——"

"你骂我都很凶，"张容忽然插嘴说，"而且我有记下来。"

"对！他有记在本子上。"妹妹神情认真地补充。

我能有什么出色的下一步呢？当然是索而观之。不多时，"罪证"呈堂，果不其然！在张容手绘的甲虫图本某页空白之处，写着这么一段话："二〇〇七年五月三十号，我八岁时，我说一种爸爸觉得很好吃的纳豆吃起来像豆沙，爸爸跟我说：'你懂个屁。'还骂我笨东西。"

我真的这样说过吗？一时之间，千百句辩解的话齐齐涌上咽喉：没有这样的事罢？你记错了罢？你听错了罢？我怎么会这样骂你呢？还是当时是在跟你开玩笑呢？是的，的确模模糊糊有那么一点讨论过纳豆口感的印象，可是——可是，我当时会那么粗暴吗？

　　"不管当时怎么样，那样说话真是不对。"我支支吾吾了半天，终于硬着头皮说下去，"谢谢你记下来了，实在是对不起你！爸爸真不该说出这样没水平的话。拜托你，张容！以后我如果还说了什么让你不舒服的话，你就再写下来，过后再拿给我看，也许我就越来越不会这样骂人了。"

　　"那我也要去写。"妹妹补了我一脚。

　　"你学会写字以后就可以写了。"我说。

　　"我已经会写注音符号，也会写一些汉字了。"张宜非常坚持。

　　"可是你现在还没有能力写罢？明明不会写不要赶这个时髦好吗？"

　　"你在骂我吗？"张宜瞪我一眼。

詈

[篆书]

詈，骂也，从网从言。——《说文解字》

詈就是骂，但是骂人不一定要凶、不一定要发怒、不一定要
用表面上很坏的字眼。

47

假

张宜在车后座上常常自己找乐子，她最近发明的一个乐子是打假电话。

"喂？是诈骗集团吗？哎呀真不好意思，我也是诈骗集团呀！你们最近诈骗了什么呀？哎呀，我也是耶。要不要加入我的诈骗集团呀？哈哈，你休想！噗——""噗"是一个带有嘲谑意味的鬼脸。

她哥哥看来对于诈骗集团的理解要稍稍世故一些："我认为诈骗集团不会加入她，因为她的声音太幼稚了。如果是我接到诈骗集团的电话，我就马上把电话挂掉。如果不希望他们再打来，也可以把电话插头拔掉……"

"你怎么分辨那是不是诈骗集团呢？"我说。

"诈骗集团都很老套嘛，你不知道吗？他们总是跟你说已经绑架了你的小孩，要你给他们钱，你一听就知道了。如果是我接到电话，他们还说绑架了我，那不是很好笑吗？"张容十分有把握：他绝对不是会轻易上当的那种人；他认为他很能分辨真假。

这番见解给了我一个解释中国字——"假"——的机会。

如果我们要追究这个字最初的意义，恐怕免不了要引起争论。在《诗经·商颂·玄鸟》里的"假"，今音念作"格"，是至、到的意思。而在《诗经·周颂·雝》〔yōng〕里的"假"则是赞美之词，跟"嘉"这个字相通。从这里岔出去说："字义相通"谓之"通假"，此处的"假"便属于另一个意义群组了：借给（或者借来）、授予、让予、依靠、宽容，都可以用"假"表示。

所以起码可以确认一点：作为真假之"假"的意义，应该是比较晚才出现的。当所有权暂时，或者经由让渡而转移，新的拥有者的支配权力——假借而来的权力——似乎并不能完全成立。关于这一点，甚至可以从孩子们的游戏之中观察得知：每当孩子甲将某一玩具借给、或让给孩子乙使用的时候，总会忽然念兹在兹起来，随时想要试探孩子乙会不会如期，或者完全归返那玩具；经常由于甲对乙的不放心而对那玩具产生了超乎寻常的喜爱与怜惜，从而发生争执、抢夺、推翻约定的冲突。

换言之，"假"——一个来自"不完全所有权"的字，居然衍生出另一个层次的问题：当拥有者面对拥有权的渊源、来历之际，其"拥有"是如此的不真实、如此的虚妄，成为一种不应该存在的存在。

孩子们问起"放假"的"假"这个字为什么跟"真假"的"假"

一样的时候，告诉他们"这是个多音字"，并不能算是给了答案。至少我们可以提出一个具有历史性的解释：今天我们说的"请假""放假""事假""病假"——也就是暂时离开学业或职务这件事，居然也有将近两千年的历史，这意味着从大约三国时代起，中国人就已经认定，具有社会身份的个人一旦暂时离开其职务，消解其社会身份，都已经是近乎"不真实的存在"了。

　　"所以在你们小学生的生活里，暑假是不太真实的。"我不免有点儿幸灾乐祸地对张容说，"你们的老师才会用那么多暑假作业来提醒你们：真实的生活是一直不停地学习，一直不停地学习，一直一直……唉！你们小学生真是蛮惨的。"

　　张宜还没有进小学，她直勾勾地看着哥哥，显然也很幸灾乐祸地笑着说："所以我说吧——什么东西都是假的比较好玩！"

假

俩

[行草]

假，非真也，从人叚声，一曰至也。——《说文解字》

"所以我说吧——什么东西都是假的比较好玩！"

48

字

　　关心我而不常来往的老朋友们在最近几年经常问起我的一个题目是："干吗写起诗来了？"他们的问话之中刻意省略了一个对比，以及一个"旧"字。该对比的是"小说写得少了"。而另一方面，他们想问的其实是："干吗写起旧诗来了？"写白话新诗，似乎还有点儿跟得上时代潮流的况味，一意孤行向古而游，看来只是跟自己的现实过不去。

　　而我的答复总一样："越过越觉得认识的字儿不多，全靠写诗重新体会。"这话实在到不写诗的人根本无从体会，而即使是写诗，却一心想着要结集、传诵、留名的骚人怕也很难揣摩。于我而言，写作一首诗的目的，无非是借着创作的过程——尤其是格律的要求、声调的讲究、情辞的锻炼……种种打磨用字的功夫，聊以重返初学识字的儿时，体会那透过表意符号印证大千世界的乐趣。

我总是跟一笔一画、迤逦歪斜地刚学写字的张容说："爸爸也在做功课。"孩子不免一而再、再而三地质疑："那你的功课交给谁改呢？"

　　我说："大多数是自己改。"

　　"那真好，真羡慕。"张容说，"那你会罚自己写很多遍吗？"

　　"写诗的处罚更恐怖，"我说，"写不好你当时不知道，过几天，过几个月，甚至过几年，你就会发现自己从前以为好得不得了的诗原来不是个玩意儿，就像你原来以为熟悉得不得了的字原来根本不认识。"

　　这是今年元月初的事，我当天就写了一首七律，题为《诗多无甚佳者，书壁自嘲偶一律》：

　　　　闻道惟穷而后工，艰难此语古今同。

　　　　三年两句泪中得，一腐千毫肠已空。

　　　　交易羊皮残墨卷，相知蠹箧〔qiè〕老诗筒〔tǒng〕。

　　　　行吟卧占自荒邈，字里无时无国风。

　　在这首诗里，"两句三年"之语化自贾岛，"一腐千毫"之语，用司马相如故实，都算平易。唯"羊皮"，出自韩愈《送穷文》，原意是指智穷、学穷、文穷、命穷、交穷等五个穷鬼挖苦文人的话："携持琬琰〔wǎn yǎn〕，易一羊皮，饫〔yù〕于肥甘，慕彼糠糜。"意思就是说：文章是无价之珍，拿来换取世俗所宝爱的财富是多么愚昧的念头。这话的根骨本是穷酸语，但是被韩愈翻迭出另一层的自嘲，酸气升华成一种孤绝冷隽的况味，特别显得清峭。我日后常翻出旧作来改改，每读到这一首，都想把来让张容读——好教他认得他爸爸的一点心事。不料，他一遍读完，就问道："在你写过的诗里用得最多的字是什么？"

"这我没算过。"

"我觉得就是'字'这个字。"

我回头翻检一下近日之作："老摩彝字甘无用，细铸毫吟信有神""尘根字句堪零落，法鼓节操犹子遗""体贴旗亭真画壁，数来无字不辛酸""千载江湖凭何寄，寻常字句细绸缪""穷锼字句云山外，潦倒心情酒肆间""化骨耘残千万字，先埋朽笔再埋书"乃至于"已外人间世，唯参文字谛"。

"我用的'字'好像真的太多了。"我苦笑着，像是忽然间没留神，被他看破了手脚，的确有些窘。

"字就是一个宝盖头下面有一个小孩在学写字，一直罚写一直罚写，很辛苦。"

"'字'的原意是养育——宝盖头是指家庭，孩子要有家庭的养育。"我说。

蹲在一旁地上玩儿的妹妹抬起头来看我们一眼，说："小孩明明就是在家里玩，是一直玩一直玩的意思才对！"

字有别解，信然。

字

[金文]

字，乳也，从子在宀下，子亦声。——《说文解字》

于我而言，写作一首诗的目的，无非是借着创作的过程，聊以重返初学识字的儿时，体会那透过表意符号印证大千世界的乐趣。

49

水

孩子们说话常给人一种两极的错觉。无动于衷者往往不求甚解，率尔放过，以为孩子不过就是成天练着说些废话的小动物；大惊小怪者则铺张扬厉，惊为天人，总要夸言孩子纯净的心灵饱含丰富智慧、超越成人。

我观察了几年，发现孩子的废话总是插入哲学思考的钥匙，你任它插在那儿锈死，它也不过装饰了一个"通往智慧的甬道曾经存在过"的假象而已。

张容对我说："我发现一件事：我们吃的每一口东西都是唯一的一口，因为下一口跟这一口就是不一样的，一定不一样，每一口都不一样。"

妹妹不能让哥哥专有任何一个发现，立刻抢着说："另外一口就是另外一口，这个我知道，吃饭就是从一口吃到另外一口，再吃到另外一口。"

我忽然觉得这不是废话。

我说："这是一个很好的比喻——没有两口饭是一样的，就像没有两颗石子儿是一样的、没有两朵花儿是一样的、没有两个人是一样的。"我跟孩子们打了一个比喻："站在一条流动的溪水里，溪水从你脚下流过，随时都有水经过你的身边，可是却从来没有任何两滴水是一样的。"我没提莱布尼茨，或者他那句名言："没有两滴水是一样的"，我说的是孔夫子。

《论语·子罕》中一条著名的警语："子在川上曰：'逝者如斯夫，不舍昼夜。'"章句家们无不以为这是孔夫子感叹"岁月不居，往而不复"。但是，如果从本篇整体内容上看——《子罕》恰恰是一个大致围绕着孔夫子个人打转的篇章，包括他的人格、个性、抱负、成就、自许和感慨——较诸他篇，《子罕》也出现了更多的"我""吾"。"逝者如斯夫，不舍昼夜"当然有感叹时光一去不复回的意思，但是更多的恐怕是一切消逝之物。这个感叹，不徒然是个人年华老去、壮心未酬，等等，还是孔夫子个人生命情调的体现：无所依，无所住，无所固，无所求。

这是我称之为"子罕精神"的一个面向："大哉孔子，博学而无所成名"如此，"毋意、毋必、毋固、毋我"也是如此，"吾少也贱，故多能鄙事。君子多乎哉，不多也！"乃至"吾有知乎哉？无知也。有鄙夫问于我，空空如也。"无非如此——这样的一个从"子罕言利，与命与仁。"（孔子很少谈利，只钻研天命或仁的问题）开其端、揭示其面目的篇章，又是如此直接地指向老子了："上善若水"。

上善，一个至高的境界。澄澈、不拘、周流不住、容有巨力、清涤一切，以及，从最细小的个别分子上说，上善的质量之一——我们终于回到莱布尼茨了："没有两滴水是一样的！"

　　最后，我把"不同的两滴水"倒进了"逝者如斯夫，不舍昼夜"，也不知道谁溶解了谁。"'消逝'这件事，让我们体会事物本质的不同，就像水一样。"说到这里，我发现爱忧虑的张容眉头皱了起来，他一定在担心着"逝去的水"这句话。我赶紧跟他说："地球上的水的总量从来没有更多，也没有更少过，永远就是那么多。干净的水，被我们喝过、用过，流到沟里、河里、海里，蒸发成云，下成雨，又让我们喝了。一滴水，被孔夫子喝过、尿出来；拿破仑又喝了、又尿出来；爷爷也喝了、也尿出来了——"

　　张容很担心地问我："那爷爷的尿我喝过吗？"

　　妹妹却高兴地问："那我的尿哥哥喝过吗？"

水

[行书]

上善若水。——《老子》

"逝者如斯夫，不舍昼夜。"这个感叹，不徒然是个人年华老去、壮心未酬，等等，还是孔夫子个人生命情调的体现：无所依，无所住，无所固，无所求。

50

梦

梦是什么？梦从哪里来的？梦会成真吗？梦来自思想、渴望还是恐惧？

终人之一生，总有些在现实中显得最不重要的问题永远不会获得解答。本文的第一行殆属此类。

我的母亲不止一次告诉我，她从来不做梦。我说那是因为她醒来的时候就忘了，她的回答很利落："忘了就是没有了。"

正因为她从不记得任何一个梦的些许片段，使她对于"梦"这个姑且可以用"活动"二字称之的事有"莫名其妙"之感。每当我向她描述做了一个什么梦之后。她总是笑着摇摇头，说："不明白，不明白，你哪儿来那些梦好做呢？"我跟父亲说起这事，父亲也笑了，像是既不怀疑、也不相信地说："你妈是个高人，咱们比不得。"

这两句话使我从小就对母亲别有一种敬意，认为她具备神秘的能力，甚至是处于常人知能无法企及的人生境界。这种敬畏使我在文字学课堂上认识"梦"这个字的时候，居然有了更抽象性的体会。

段玉裁注许慎的《说文》，于"梦"字下引《诗经·小雅·正月》："民今方殆，视天梦梦。"比合上下文来看，这两句诗的大意是说：正处于危难之中的广大老百姓，在那个具有人格神意义的老天眼中看来，似乎也是懵懵懂懂、无法分辨善恶的状态。以单字视之，许慎解释为"不明"，就是纷乱无明的样态。梦，怎一个乱字了得？

中国人对于梦的理解基础似乎就是从"不明"开始的。它既不是渴想的扭曲投射，也不是悬望的变相满足，这个字注定在理性与秩序之外，连议论超拔绝伦、睥睨俗儒的庄子也说："古之真人，其寝不梦。"郭象本页旁注："其寝不梦，神定也，所谓至人无梦是也。"（《庄子·大宗师》）可见梦之无稽与不羁了。

孩子在开始能够叙述梦境的时候，大约也能够分辨梦与现实的分野。张容描述的第一个梦境出现在他一岁多的时候："李其睿在我的梦里煮了一碗蛤蜊汤给我喝。"梦的奇妙如此：彼此原本不相干的人生景象细节，在特定的情境中相互缭结，自成理路，无须辨析，浑然可信；一旦醒而顾之，却往往显得不可思议。

我常在孩子刚醒的时候问他们："做了什么样的梦呀？"

如果他们还能记得片段之一二，内容常会令我觉得惊喜。毕竟人生之意在言外者，莫过于梦；人生之梦在身外者，无不可言。

越是乱、不明，越可能是生活中被轻率遗漏而实则难能可贵的知觉。

有一天，我打开电视让晨间卡通的声音将孩子唤醒。张容醒后主动对我说："刚才我的听觉已经惊醒了，但是视觉还没有醒，所以电视的声音跑到我的梦里配音。我梦见在麦当劳有个小黑人，用丢的，丢全世界最香的麦香鱼，越过两个跑道——真厉害的听觉之梦。"

"不知道你妹妹梦见了什么。"我推了推熟睡中的妹妹。

"你最好是不要吵醒她，她不是好惹的。"张容警告我。

"真想知道她正梦见了什么。"我又弹了弹张宜的脸颊。

"吵到她你一定会后悔！"张容立刻紧张地说，"反正你随便什么时候问她都可以，她都会编给你听的。"

关于梦，神秘的也许不是那些无梦的真人或至人，是每一个人在睡眠中伟大的创作，醒来不记，怕是创作者真正的潇洒。

夢

[甲骨文]

古之真人，其寝不梦。——《庄子》

人生之意在言外者，莫过于梦；人生之梦在身外者，无不可言。越是乱、不明，越可能是生活中被轻率遗漏而实则难能可贵的知觉。

51

怪

　　我推测全世界各地的古人都比现代人经得起折腾。从一个多世纪以前整理、出版的许多知名童话故事可以得知，这些经由搜集复改写的故事多半保留了千百年来民间故事里大量残忍的情节、惊悚的情境以及暴烈的情感，几乎没有一个民族会担心这样的故事或可能吓着了孩子、带坏了孩子、扭曲了孩子。比较起来说，在过去漫长的人类历史里，大部分的成人用床边故事使孩子在恐惧中紧紧闭上双眼、沉沉睡去，似乎是天经地义之事。

　　恐怖故事在中国，不是为了吓唬孩子而说的。比较有教养的阶级，更以一种律己的态度不宣讲这些玩意儿。在佛教故事盛行于中土之前，孔老夫子的明训大约相当有效——《论语·述而》云："子不语怪、力、乱、神。"尽管有一个说法是认为孔夫子的语言洁癖仅及于"怪力"和"乱神"，我们仍难以想象：孔夫子曾经为了哄孔鲤睡觉而跟他说些幽灵故事。

"怪"这个字,很怪!这个字的草书往往写作"恠"。不过,在小篆、隶书到楷书里的"怪"字,右半边的字根却是"圣"(读音为"窟"),上面这个"又"是手的意思,所以有一个说法是:"以手治土"(也就是"致力于地"的意思),由于不论种植百谷、建筑宫室,都会改变土地的原状,"成物之后,与土地原貌相较,颇见其异"。于是,这就变成了怪字的用意。这个解说十分迂曲,起码我不太能服气。

我自己则有另一个看法:这是一个形声兼会意字。左边的"心(忄)"是意符,右边的"圣"既是声符,也必须和"心"这个偏旁统合起来、一并见全字之意。手在土上,并非寻常致力于栽植、建筑之类的工作,而是特指发掘埋藏之物。埋藏在土中之物,会是什么呢?在开挖之前,我们只能想象(用心),而不会知道,我们只能够好奇。无论想挖掘出什么,那无知的好奇状态都会因挖掘的结果而改变。或许,果如所料地挖出了我们所寄望之物,或许,挖出了令人喜出望外或大失所望的东西,那原先的好奇之心必然会随着客观所现之物而变化。怪,就是这个好奇心情的变化。

怪这个字从好奇心情的变化,逐渐也拥有了事物变化其形的意义。比方说,"水木之怪""山精石怪""蛴螬〔qí cáo〕怪""狸猫怪""水獭怪"……这里的"怪"所指的都是一样东西历经时间巨力的磨砺,以一种神秘的能量修持其本性,渐趋于人性,最后达到幻化于人、物之间,往来无碍的境界。所变者尚不止于此——原本只是好奇心情之变,一旦不能适应或接受那个变,而主观上情绪受到了扰动，"怪"甚至还变化出"埋怨""责备"的意思。

有一天，放学后的一段校园嬉戏时间里，张容被同学推倒在地，后脑勺上肿了一个大血疱，下手的是他的好朋友，原本没有恶意，就是玩疯了而已。张宜很小心地用手拨开哥哥的头发，像是在挖掘一个神奇的秘密。她把那伤处摩挲研究了半天，得到一个结论："好怪喔！太奇怪了！很大一个包，中间还红红的——"

"这有什么奇怪呢？这就是皮下瘀血呀。"我问。

张宜瞪大了眼说："原来卡通片不是乱演的！"

怪

恠

[异体字]

怪，异也，从心圣声。——《说文解字》

"怪"这个字，很怪！它从好奇心情的变化，逐渐拥有了事物变化其形的意义。比方说，"山精石怪""狸猫怪""水獭怪"……"怪"甚至还变化出"埋怨""责备"的意思。

52

卡

　　"俗"这个字在一百多年前与今天我们使用并赋予的意义十分不同。例如"俗字""俗语"这样的概念，在今天，我们说"俗字""俗语"的时候，意指一般大众通行使用的文字或语言。但是，在清代中叶以前，这两个词所指的都还是"囿于某一乡土之方言用字"以及特定的"某种方言"，而绝无"大众通行"的意思。

　　清代纽琇（？～1704）的笔记之作《觚〔ɡū〕剩》里就曾经这么说："粤中多俗字"。这里所指的"俗字"就是当地自造自用之字，外省、异地根本不能用，甚至不能认读。比方说表达"坐得稳"之意，有一个字，写成上"大"下"坐"，读音就念"稳"；人物之短者，有一个字，写成上"不"下"高"，读音就念"矮"；人之瘦小的也有一个字，写成上"不"下"大"，读音为"芒"；山之岩洞为上"石"下"山"，据说读作"勘"；水之因砾石而激溅，写成上"石"下"水"，据说读作"聘"。

有的字，纽琇解为广东独造，而他处竟也有音义稍微不同而字形一样的例子。像"凼"，在《觚剩》里以为是"蓄水之地"，音"泔"（即"甘"），但是到了南方其他的省份，这个字却读作"荡"，意思也小有不同，是为田地之中挖了来制作稻田基肥的沤池。

最奇特的则是一个"卡"字。纽琇是清初时代的人，在他的记载之中，"卡"也算一个与外地人不能沟通的"俗字"，意思是"路之险隘"，《觚剩》注读"汊"〔chà〕，和今天一般的读音很不同。有趣的是，过了整整两百年，到晚清俞樾（1821～1907）的时代，"卡"字已经通行起来。俞氏所著的《茶香室续抄·卷二》就明白地说："自诏书下而奏章，无不有此字。"俞氏的感慨很明显：到了他那个时代，人们根本不知道，"卡"曾经是个和"上石下山""上石下水"这种"地域符号"一样冷僻而难解的字。

俞樾明白地指出，变化的关键是"军兴以来"——此处的"军兴"，是指太平天国造反——为了严密查察南来北往之人，全国各水路要冲之地都设有防守和检查的岗哨，谓之"卡""卡口""卡子"。换言之，一场洪杨之变，不只在大历史的场域上扭转了清代的国运，也使得我们今天翻用外来语时有了一个方便借音而指义的字——"truck"呼为"卡车"，"card"呼为"卡片"，都可归诸这一场长达十四年的大动乱，由于军事上的需要而发动了一个字的广泛意义。

我跟孩子们解释他们的游戏王卡、甲虫卡、流行少女服饰卡……这些卡之所以叫作"卡"的来历，一方面也让他们了解：在广东，地方上一开始使用这个看起来"不上不下"的字，为期可能已经上千年，可是作为关卡、卡口意义的"卡"只有一百多年的历史，作为卡片意义的"卡"，时间就更短了。可是这个为期最短的意义加入之后，"卡"却不再罕僻，而成为所有使用汉语的人几乎每天都会接触的一个字了。

我让张宜写这个字，她总是把该写在字形右边的两个短画写在左边，我说："你写反了。"

她回身拿出一张游戏王卡，盖住，笑着对我说："反过来你就不知道我用什么卡攻击你了。"

"你现在知道了吗？"张容叹了口气，说，"她老是自己发明游戏规则，谁也拿她没办法。"

造字、用字本来就是武断的发明，偶然与误会之于字的流通、改变，往往是天经地义的硬道理。

送给孩子的字

卡

卡

[篆书]

粤中多俗字。——纽琇《觚剩》

造字、用字本来就是武断的发明。"卡"曾经是个和"上石下山""上石下水"这种"地域符号"一样冷僻而难解的字。可是作为关卡、卡口意义的"卡"只有一百多年的历史，作为卡片意义的"卡"，时间就更短了。

53

宠

　　胡云龙，一个名字。绣写着这三个字的名牌挂在那爱笑、爱耍宝的士官胸前。他向父亲行了个标准的军礼，算是领受了照顾我的命令，要一路到阳明山。我们俩坐在军用交通车的最后一排正中间，父亲和母亲则在另一车。我感觉被抛弃了，噙着眼泪，看着窗外向后飞掠的景物，听胡云龙一路吹着口琴，偶尔扯直嗓子唱流行歌——他似乎只会唱《生命如花篮》和《南屏晚钟》。我不喜欢他是因为我不喜欢被父母抛弃的感觉，他一定也看出来了，唱着唱着停下来，凑近前跟我低声说："你爸爸的车就跟在我们后面。""你爸爸还听得见我们唱歌呢！"

　　到了空气里充满硫黄味的目的地，胡云龙站起身，居然也向我行了个标准的军礼："胡云龙达成任务！"说着，搋〔chuāi〕起小口琴，拍着胸，拍着他的名牌："胡云龙，一条龙，小兄弟后会有期了！"

是基于命名者连同名字而施予的鼓舞和教诲，还是文字在冥冥中就有一种神奇的诱引、激励之力？我所认识的人里，但凡以龙字命名的，多少都有些强打精神的豪气。"龙"这种并不存在的动物据说能兴云布雨，《易经》第一卦就说"云从龙，风从虎，圣人作而万物睹"，让龙与圣人比齐，成为人君的象征，也引申成才俊之士，甚至高大之马、熠耀的星宿、迤逦的山脉、无限的尊荣……都可以称之为"龙"。

　　无限的尊荣。的确，形容词，《诗经·小雅·蓼萧》："蓼〔liǎo〕彼萧斯，零露瀼〔ráng〕瀼，既见君子，为龙为光。"这里的意思说的是目睹诸侯的盛德威仪，感受到及身的荣宠和光辉。龙，在此处就是宠、光荣之意。

　　让我们想象：龍（龙）这个在甲骨文和金文里头重尾曲、佝偻其背，有着许许多多异形书体，却显得笨重不均的字，几乎占据了一切尊仰、崇敬和畏忌的意义。但是，龙的生物性本质却是完全虚构出来的，这是老古人造字的时候所寓藏的一种暗喻吗？将世界上最崇高的尊荣归诸"并不实存"之物。

　　龙的字形和字义变化既多，分别其形，以区辨其义的使用需求也必然出现。我们可以推测，"龙"和"宠"原来本是一字，在为了表达"光荣"这个字义的时候，略微加以变读，甚或增添一个"宀"的形符，就使具备歧义的一字正式分化成两个字了。那么，下一个问题来了：为什么所添加的字形是"宀"而非其他？

　　"宀"和"宠"一样，不见于甲骨文与金文，可能是较晚出的形符。在许慎《说文》里，"交覆深屋"表之。段玉裁更以后世的建筑结构注解"交覆深屋"为："有堂有室，是为深屋。"有堂有室，房屋既不是孤零零的一间，也不是孤零零的一排，而是有纵深、有侧翼的宅邸了。

"宠"的豪贵之气并非来自于那变幻莫测的动物——龙，它的意思反而透着些嘲弄：即使是将一个不存在的动物置于交覆深邃的宫室之中，一样获致景仰。

我家最近流行这个字。张宜忘了带便当盒，忘了带作业、外套、琴谱，甚至忘了带书包上学，妈妈总要多绕一趟路再给送去。我私下问孩子："为什么老是这样少根筋呢？"

她说："我是被你们宠坏了罢？"

由下对上的尊崇，居然倒转成由上对下的纵恣，龙的变化真大，真不可测！

宠

宠

[草书]

云从龙，风从虎，圣人作而万物睹。——《易经》

由下对上的尊崇，居然倒转成由上对下的纵恣，龙的变化真大，真不可测！

54

国

在澳洲东北方的广大太平洋面上，有两座相邻的小岛，面积不详（实在是因为无人能予丈量之故），宣称占有此二岛者随即宣布了这两座岛的宗主国："太极联邦共和国"，由四个八岁大的孩子统治，他们共同制定了该国的第一条宪法："大人不可以打骂小孩。"宪法的其他内容，将随时视四人之实际需要另行订定。"太极联邦共和国"的四个成员都很重要，分别是国王、宰相、元帅和将军——张容担任的职务是宰相，可谓一人之下、二人之上了。由于课业繁忙之故，"太极联邦共和国"的国政一直没有更多的发展，国王陈弈安在一次下课十分钟的短暂政变之中被推翻，但是他随即宣布推翻无效，于次一节下课时间举行公投，居然又获四票全数通过，继续保有王权。此后天下太平无事。

回首二十多年前，我在研究所念书的时候，教授古文字学的田倩君老师曾经用"國（国）"字解释过社会组织的变迁。甲骨文的"國"字没有象征国界和土地的"口"和"一"，就是"戈"下一个"口"所形成的字符，是个会意字，显示拥有一定武力的人民集合。从文字看，显然认定武器或武力是仅次于人民的第二项国家条件。

发展到了金文出现的时代，国家的具体内容和精神象征都扩充起来，"口"下一短横，表示土地；"或"外一方圈，表示疆界。据此也可以推知，金文时代已经进入了农耕社会，人民居有定所，土地可资盘踞，集体的武力则用来捍卫地权。

所有以"国"领字的词汇，几乎全都可以解释成"国家所有的"之意。换言之，"国"是一个"完全所有格"的字。但凡是"国"字带头，底下那字皆属其统领、掌握、命名、取舍，从国光、国师到国耻、国贼，与褒与贬，以荣以辱，大体不能出于国之范围。

有那么一个词儿，原本是天地生成，无关人事，但间关辗转，还是落入了国家机器。蚕豆，又名胡豆。唐代以及宋代初年编成的《艺文类聚》《太平广记》都引用了堪称第一手资料的《邺〔yè〕中记》："石勒（另一说是石勒的侄儿，后赵的第三个皇帝石虎）讳胡，胡物改名。名胡饼曰'抟〔tuán〕炉'，胡绥曰'香绥'，胡豆曰'国豆'。"

不论是石勒或是石虎，后赵皇帝为蚕豆改名的方法很有趣，将一个感觉上带有歧视意味的字眼——胡——转变成至高不可侵犯的权力来源。非但高下颠倒，而且主客对反，让汉人之指点胡儿之人踏踏实实地觉悟："胡"之当"国"，大矣！于是我们有了这么一个词儿：国豆。今天读到国豆一词，若是探得源流，想起后赵的处境和历史，未免要有白云苍狗之一叹——那个连蚕豆的异名都不肯放过的国，而今安在哉？

"你们那个'太极联邦共和国'不会让张宜参加罢？"我试探地问。

张容想了一想，勉强应声说："她想参加的话，得要大家投票通过才行，可是他们又不认识张宜。"

"我大概不会参加他们那个国。"张宜接着说，"我自己也有好几个国要参加，没有什么时间参加他们的。"

國

或

[甲骨文]

国，邦也，从口从或。——《说文解字》

甲骨文的"國"字，就是"戈"下一个"口"所形成的字符，显示拥有一定武力的人民集合。从文字看，显然认定武器或武力是仅次于人民的第二项国家条件。

55

匚

张宜教我区别了两个部首。

我知道这个经验很难透过电脑打字所写的文稿传递给读者，但是我想试一试。

就在张宜正式开始学汉字的那一天晚上，她趴在桌上，抱着新到手的汉语词典，一行一行地查看部首，忽然间对我说："这个字（匚），跟这个字（匸）不一样。"

那是紧紧相邻的两个部首。前一个字音读"方"，后一个字音读"夕"。仔细辨识，两个部首的差异还真不少。前一个左上角封口处的两画相接，既不透空，也无参差，像是一个完整密合的直角。但是后一个的左上角就不同了，作为第一画的"一"还稍微突出于第二笔的直画。另一处不同的是前一个字的左下角和左上角一样，是方笔正折的直角；后一个字的左下角则略近于圆笔。根据字典进一步的说明：两字收笔也不同，前一字末笔与第一笔等长；而后一字末笔非但突出一些，还应该带一点向下弯曲的尾巴。我从架上翻下自己常用的大字典再一看，读"匚"的第二个"匸"居然另有读音，同音"喜"。

读"方"的"匚"就是方形的容器，在甲骨文、金文里就有了，但是读"匚"或"喜"的"匸"在金文中仅有一例，意思竟也同于读"方"的字，就是指"容物之器"。直到小篆时代，分化了意义之后的第二个读音的"匸"字才出现——在东汉许慎的《说文》中，这个字的确长了一根小小的、向下弯垂的尾巴，意思是"有所挟藏"。

小学生用的字典里，前一个"匚"部只收了"匜""匡""匠""匣""匪""汇""匮"等七个字；后一个"匸"部也只收了"匹""匿""区""匾"等四个字。较大的字典里，前者还多收了"匦""叵""匼"〔kàng〕"匦"〔guǐ〕四字；后者则多了"医"字。这两个部首的"字丁"都不算兴旺。

在以部首分别所属的众多中国字中，这两个部首的确堪称是极小的族群，然而造字、用字的人显然有其不甘混同的讲究。我们可以推想：后一个"匸"字很可能是从前一个"匚"字里分化出来的，人们先有了表述"方形的容器"的字，再从这容器的命意之中发展出"遮盖""掩蔽""藏匿"的种种用法；但是，基于一字一义的原则，只好将形符稍作变化，以示区分。

但是这区分毕竟抵挡不住书写工具迅速发展之后更强大的俗写简化趋势。比方说，原本属前一个"匚"部、左下角应作方笔的

"匜"，到了晋代王羲之的笔下就成了圆角，而早在汉代就写成的隶书《袁良碑》上，左下方该作圆角、属于第二个"匚"（读夕或喜）部的"匹"字非但写成了方角，还是个带尖的锐角。这让我不禁想到一个有趣的问题：分化字形、确立字意，似乎是一个一个的字在生命初期的必然经历，一经人们长期、大量书写，字形的分别、字义的确认，似乎已经不如这字在使用上的简明、便利甚至美观来得重要了。人在不同的生命阶段有着不同的学习旨趣，字亦如此。

张宜听完我的解释，似乎很满意，说："我学写汉字第一天就教会你这两个字。"

"是要谢谢你。"我说，"不然可能我一辈子都不知道这是两个不同的字。"

"我觉得你还应该更认真一点。"她趴回桌上，抱着字典继续找，看看还有什么能教我的。

[甲骨文]

匚，受物之器，象形。凡匚之属皆从匚。——《说文解字》

分化字形、确立字意，似乎是一个一个的字在生命初期的必然经历，一经人们长期、大量书写，字形的分别、字义的确认，似乎已经不如这字在使用上的简明、便利甚至美观来得重要了。人在不同的生命阶段有着不同的学习旨趣，字亦如此。

56

买

小说家黄春明有一次带些玩笑意味地跟我说："以后的孩子们写小说，恐怕不会写得太好了。"我问："何以见得？"他说："孩子生活在一个什么都可以方便买到的世界，要什么也只知道买、买、买，生活里只剩下'买'的话，其他能用的动词就很少了。"在这样说着的时候，小说家十指盘空拨弹，像是在做什么手艺活儿似的。

尚未生养孩子之前，我一直以为自己当了父亲以后，决计不会惯纵孩子买玩具、买零食、买各种他伸手就能要来的东西。我猜想自己应该会和孩子们一起动手做很多很多好玩、好用的东西。然而我错了。买，往往发生于措手不及之际。

猛一回首，我们原本无意要用金钱换取而拥有的许多东西，已经纷呈于目前，罗列于廊下，充塞于生活之中。也常是在买到这些东西的瞬间，你就已经知道，它们即将在最短的时间之内被弃置在垃圾袋里，任由人打包清运而去。无论掩埋或者回收，那对象若是还有机会再次出现于人间，一定会经过改头换面，化作另一种材质，变成另一项商品，拥有另一个价格，召唤另一次购买。

"买（買）"这个字和许多与金钱有关的字不同，像是"贸"——买卖交易之意、"贻"——馈赠流传之意、"赁"〔shì〕——赊借租赁之意，甚至"卖（賣）""资""贾""贿"等字，都属于贝（貝）部。自今日观之，"買"之所以成立，非有钱钞不可，也就是底下那个"貝"字。可是"買"字的部首却是顶上那个"网（罒）"。

回到甲骨文的字形，"网"是一个盛装着物品的网罗工具，底下则看似是两瓣有着横纹的贝壳。"貝"字字形的固定，大约是在金文时代，与日后的小篆或我们习见的隶书、楷书差异不大，可以一眼见出贝壳之为货币的渊源。

但是在甲骨文里，"貝"字变化就多了。尤其是"買"字底下的那个形符，我怎么看，怎么觉得那不是贝壳，反倒像一双手。也就是说，"買"字就是一双捧着网罗工具的手，这也近于"买"之为字最初的意义：以物易物。向孩子们解释"以物易物"并不困难，他们随时在交换彼此的玩具以获致更大的满足。不过，自己动手做出一些可以跟人交换的东西，简直是难于登天。

犹记两年多前，我在帮孩子们收拾满室玩具之时曾经这样建议过："我们不要再买玩具了，自己动手做吧？"

"你可以帮我做一个太阳，老师说可以用布、用纸、用毛线，老师还说不可以用铁丝和尖的东西。"张容说。

"你可以帮我做一个娃娃屋，要有池塘，还要种一棵树。"张宜说。

我当时觉得，这真是一个美好的开始。然而，美好的开始往往就是瞬间的结束。我的确花了几天的时间，用四卷夹金夹黄的毛线和一件大红棉衫做成了一个勾画着狮脸的太阳；另外，我也用薄木板、厚纸片、皱纹彩带和蜡烛制作了一栋有三个房间、两层楼，养了金鱼和乌龟的小池塘的庭园别墅——包括全套的厨具以及卫浴设备。

两年后，我从遍布着灰尘和霉污的旧玩具堆里翻拣出这两样手工艺品，问他们："可以丢掉了吗？"

"你辛辛苦苦做的，干吗说丢就丢呢？"张容说。

"等没东西玩了就又要买新的，这就是浪费！真拿你没办法。"张宜说。

買

买，市也，从网贝。——《说文解字》

在甲骨文里，"买"字就是一双捧着网罗工具的手，这也近于"买"之为字最初的意义：以物易物。

57

吝

这篇稿子原本不是为了认字，却是出于伤心而写的。

纯以字言，在《说文》里，吝是"恨惜"之意。许慎解以"从口，文声"，明白指称此字是个半形半声的形声字。但是段玉裁注此字，以为"文"不是一个声符，而该是另一个表意的形符，指的是"凡恨惜者，多文之以口"。这得要先解释"恨惜"在此处特别指陈的是一种"恨所得（收获）者少，而惜所与（付出）者多"的心理状态。那么，"多文之以口"，用大白话说，则是"恨惜"这种情态虽然可以形之于言语，究竟难以坦率直述，每每要曲为解说，以自掩饰。所以"文"在"吝"这个字中，不应该只被视为一个声符，它还抽象地勾勒出小气鬼的人格特质：用大量的语言或文字来掩饰直口难言的那种贪得无厌、不甘分享的"恨惜"之情。

张容在九岁生日这一天为了不让妈妈用他的新橡皮擦擦抹张

宜的字迹而发了大脾气，他说得很直接："橡皮擦是我的，字是妹妹的。"

我告诉他，整整九年前，我的好些朋友们到医院来探访，看着婴儿房里沉睡着的新生儿，不免问起我怎么期待这孩子将来的出息。我总说："没别的，只希望他是个健康、正直、大方的人。"

在回忆起九年前的顾盼期许之际，我发了更大的脾气，历数张容不与人分享所有的悭吝之事。接着，我让他拿纸笔写下日后绝对不许旁人分享的东西。

"你一项一项给我列清楚，从今而后，有什么是除了你之外，不能有别人碰的东西。"

张容哭着，想着，最后使劲儿在纸上写下他九年来所写过的最大的字："我的身体"。

他已经明白，也无奈地屈从了我的责备，但是并不服气。他的意思再明白不过：如果这张纸算是一份合约的话，那么他的确愿意和包括妹妹在内的人分享他所有的东西；不过，同意签署这一份合约的人（简直地说，就是他爸爸，我）从今以后也不能以任何形式碰触他的身体，不论是牵手、摸头或拥抱。

"你的意思就是说我不能碰到你，是吗？"

他坚决地点点头，泪水继续流着。

"也不能抱你？"

"反正你也快抱不动我了。"他继续顶嘴。

这真是一次伤心的对话。我猜想不只他是一个"恨惜"之人，我也是的。面对那舍不得分润于人的个性，我之所以愤愤不平，不也显示出我十分在乎自己的谆谆教诲之无益吗？不也是一种"恨所得者少，而惜所与者多"吗？

我无言以对，避身入书房，抄了一阕几个月前张容顶嘴之后我所填的词，调寄《金缕曲》，题为《答子》：

> 侧袖揩清泪。
>
> 怨阿爹、惊声雷出，骂人容易。
>
> 执手只堪勤习课，不许流连电视。
>
> 才八岁、情犹如此。
>
> 纵使前途无尽藏，料生涯说教平添耳。
>
> 无奈我，是孩子。
>
>
> 谁将岁月闲抛弃。
>
> 看儿啼、解儿委屈，付吾心事。
>
> 称意青春浑轻放，旦暮逍遥游戏。
>
> 渐老懒唯存深悔。
>
> 辞赋伤心成玩具，便才名空赚仍无谓。
>
> 儿顶嘴，我惭愧。

展读再三，我哭了，发现孩子没什么长进，是因为我没什么长进。

吝

[金文]

改过不吝。——《尚书·仲虺之诰》

在《说文》旦，吝是"恨惜"之意。许慎解以"从口，文声"。不过"文"还抽象地勾勒出小气鬼的人格特质：用大量的语言或文字来掩饰直口难言的那种贪得无厌、不甘分享的"恨惜"之情。

58

该

"該（该）"是一个再寻常不过的形声字，一边儿是表义的形符（"言"），一边儿是表声的声符（"亥"）。以许慎《说文》书写惯例而言，"该"就是个"从言亥声"的形声字。某些文字学家认为：形声字的声符不应该担负意义，也有些文字学家的意见恰恰相反。然而，若以《说文》所载之本义"军中约也"来看，右边这个"亥"（字形古与"戒"相近而相通）也总还是表达了一部分的意义：在军中，人人相互戒惧的一种语言，谓之"该"。

我的疑惑是，既然"亥"字、"戒"字相通，为什么在古籍之中"该"字没有一处与"诫"字相通假呢？"该"字有将近二十个意思（广博、包容、拥有、大概、充分、应当、管理、欠……），从未借用"诫"字表达过；而"诫"字所有的警告、戒备、嘱咐、戒律等意义，也从未借用"该"字表达过。即使"军中约"这个解释成立，说它是因为"亥""戒"古字相通这个说法仍可存疑。

我以为整个来历还是要从"亥"这个声符看起。"亥",是一个象征土地之下草根乱窜、土地之上冒出一点强韧生机的字,造字者选择"亥"为"该"字的声符,是要以语言的申述来表达约束的效果——约束的语言犹如压覆草根乱窜的大地,在土壤中四处萌生的草根在地面上却形成简单且一致的茎叶之形。

每当我教训孩子:"把该吃的分量吃完。""把该收的玩具收好。""该睡觉了!""该练琴了!"都涉嫌偷渡一种情境:让明明是出于自己意志的指令,变成是出于冥冥中一个比我的意志更高、更坚定的规律(一如我们常常使用的"天经地义"),必须服从。质言之,我们使月"该"这个字的目的,是借由将指令客观化,来遂行语言的约束。

忽然有一天,我碰到了不一样的解释。

小学一年级的语文课本里出现了那个版本众多、歧义纷纭的童话。夏天的时候,小蚂蚁们辛勤地工作,储存粮食;小蟋蟀却在尽情地玩耍、歌唱。直到冬天来了,由于没有存粮,眼见就要饿肚子,蟋蟀只徍去向小蚂蚁告帮。这是个劝勉人辛勤工作、勿贪嬉戏的寓言,看似无多奥义。在课文之外,孩子还得回答一些延伸性的问题,比方说:如果你是小蚂蚁,你会怎么做呢?

张宜用她那笔迤逦歪斜的注音符号写道:"我会把蟋蟀留下来,然后跟它说:'以后该做的事要做到,不该做的事要等该做的事做完再做。'"

"明明是不该做的事,为什么还要做呢?"我忍住笑,故意问她。

六岁的孩子已经能够轻易地发现大人如何借由看似不经意的问题来嘲弄他们，张宜立刻白我一眼，说："就是因为有该做的事，才会有不该做的事；该做的事做完了，就没有不该做的事了。你连这点道理都不懂吗？"

张宜对于唱歌这件事是充满同情与理解的，如果小蟋蟀唱歌（而不存粮）是一个错误，那也不能径行禁止唱歌，唱歌之"不应该"，只不过是基于"存粮"之应该。易言之，"不应该"居然是"应该"的产物。

看来蚂蚁和蟋蟀的故事还真是可以引申到"圣人不死，大盗不止"这种抽象度极高的哲学命题上去的。而那个"该"字，似乎也没那么"该"！

该

[篆书]

该，军中约也，从言亥声。——《说文解字》

我们使用"该"这个字的目的，是借由将指令客观化，来遂
行语言的约束。

59

临

寒假期间，家里经常多了三个孩子，来练习写毛笔字的。十五岁的大哥哥已经能够临欧阳询的《九成宫》了，他来学写字，交换条件是指导张容下围棋。至于另外这四个小的，还只能在一旁叽叽喳喳到处甩墨汁、画鬼符以及没事找事、问些他们并不认真好奇的问题。

"为什么写字要叫'临'？"他们看着大哥哥，大哥哥看着帖，帖上的字却硬是不肯跟着他的笔下到棉纸上来。

"就是学书上写的字的样子吗？"一个说。

"可是写得一点也不像呀！"另一个说。

大哥哥脸红了，苦笑了，手笔一起抖起来了。

临（臨），是一个从来不曾出现于甲骨文中的字，这意味它出现得较晚，所以字义的形成也比较复杂。左边的"臣"，过去一向被解释成"臣，屈服也，临（臨）下必屈其体"。这样的说明委实过于迂曲，还不如索性将"臣"看作像监（监）字、鉴（鉴）字里的"臣"那样，就是一只表情夸张的大眼睛，这只大眼睛的主子（也就是右边上方象征着人的形符）正弯着腰，直愣愣瞪目下视。三个口，谓之"品"，一般的解释是"众物"的意思。原先在金文和石鼓文中，这个"品"的位置不在右边，而在"臣"的下方，三口成一横列，在上俯瞰的眼睛甚至还发射出三条短短的"视线"，一一指点到位呢。

这就是"临"字原初的意思了——一个在高位上的人瞪大了眼睛，仔细审视在低位之众物（这里的众物当然也可以指人民）。所以《诗经·小雅·小旻》"战战兢兢，如临深渊，如履薄冰"和《荀子·劝学》中所谓的"不临深蹊，不知地之厚也"就是既准确又丰富的描述了。只用一个"临"字，非但状述了这个动词使用的位置，也勾勒出环境的形势以及这登观的心情。此外，作为一种战车而命名为"临"，顾名思义，一定是辆造型高大的侦察车。

一直到了小篆时代，原本被观望的众物（那三个口）才改变了位置，使得"臣"（眼睛）底下只留存一口，另两口堆成一上一下的位置，写到右边来。再发展到隶书时，今日书写的形体才告确立。可想而知，小篆以后的变化一定是为了书写美观、结体均衡的缘故。如此则造字的精微之义往往就给牺牲掉了。

孩子们对一个字里有那么一只直立的大眼睛很有兴趣，不停地拿笔描摹，居然在无意间将"臣"字画斜了、画横了，这就更加清晰地看出"臣"之为眼睛的底蕴来。

"所以临帖的学习不单单是让你对照着一笔一画地写，更是让你仔仔细细地看。"我跟那大哥哥说。

　　大哥哥几时能够学书有成，我可不敢说。但是张容的围棋却一日千里，刻进有功。连带地，在和我下象棋、五子棋甚至跳棋的时候，都有了布局的远见。这天晚上，他在连赢了我三盘之后得意地跟他的妹妹说："小孩子的时代已经来临了！"

　　"已经来临了吗？"张宜睁大眼睛，十分好奇地跟着起哄。

　　"没错，大人已经一点一点被打败了。"

　　"是哪一个小孩子的时代已经来临了？"张宜有些不放心地追问。

　　"还没轮到你，你不用太着急。"张容站到椅子上，双手叉腰，向下俯瞰着我，不错，是个"临"字！

临

[金文]

战战兢兢，如临深渊，如履薄冰。——《诗经·小雅·小旻》

"临（臨）"字原初的意思——一个在高位上的人瞪大了眼睛，仔细审视在低位之众物（这里的众物当然也可以指人民）。一个"临"字，非但状述了这个动词使用的位置，也勾勒出环境的形势以及这登观的心情。

60

背

打从我还是个小小孩子的时候起，就以为"背"这个字是得抬起下巴才说的。父亲总是朝我一抬下巴、一阖眼皮："背。"背的第一义就是熟诵之后将所诵之文一字不易地朗声念出。所谓的熟诵，对象不是文字，而是父亲口中念出的一连串咒语。

《左传》里的《郑伯克段于鄢》是这么学的，《曹刿论战》也是这么学的。《公羊传》里的《春王正月》是这么学的，《吴子使札来聘》也是这么学的。《战国策》里的《冯谖客孟尝君》是这么学的，《触詟〔zhé〕说赵太后》也还是这么学的。这些都算不得什么学问，一本《古文观止》里通通都收着有。这是先秦，汉以后大概就背了《前/后出师表》《兰亭集序》《春夜宴桃李园序》和《陋室铭》，我记得父亲笑呵呵地说过："能背得了这些，勉强上个小学去了吧。"

我读大学中文系本科的头一年里还问过他："司马迁那么好

的文章、欧阳修那么好的文章、苏东坡那么好的文章，你怎么不趁我当年记忆力好的时候多逼我背几篇？"老人家还是那么一抬下巴，答得妙："我几时逼你背过谁的文章？"

他这么一说，我再一琢磨，似才略有所悟。原来当年爷儿俩在晚餐之后杯盘狼藉的饭桌边你一句、我一句，吟一段儿、复说一段儿的那过程，纯粹就是游戏。对于我是否要通过什么样的考试、进入什么样的学堂、取得什么样的学位，甚至成就什么样的学问——对于这整一些个远大的理想——父亲原本一无所求。

背书，"每日工夫，先考德，次背书诵书"，不就是背对着书，将所诵之文朗朗念出，一种"如歌的行板"吗？但是父亲之所以让我"背书"，根本不是为了做什么"每日功夫"，而是他自己将喜欢读诵的文章把来和我一块儿玩乐。

在刚刚结束的这个寒假里，张容的作业里有几项背诵的功课。其中之一是北朝匿名诗人的《木兰辞》。此诗大体五言，六十二句，中有杂七、九言句者。我自己在大二修习文学史一科之际为了应付考试曾经背过，考后遂不复记忆。

"你能背吗？"我说，"很长呀！"

"'雄兔脚扑朔，雌兔眼迷离。两兔傍地走，安能辨我是雄雌？'这个我已经会背了。"他很愉快地说。

"这是结尾，前面还有五十八句呢？"

"我现在只会背兔子的，寒假结束以前应该都会背了。"

我当然知道他一向讨厌背学校的功课。但是，他可不可以像我小时候那样背呢? 父亲当年是怎么让我每一句读个一两遍就背得的呢? 我想了快半个小时,忽然想通了! 喔! 是了——父亲的用意不是要我"背得",而是让我透过他口中的咒语,带我进入一个想象的世界。那咒语里的每一个文字音节都对应着一个教养剧场里最深刻而真实的意义。于是我移坐到窗边,双手在胸前滚动起一个隐形的纺纱轮,努力想象着我是一位壮硕而忧伤的少女,口中发出"唧唧、唧唧"的声音。

"你在干吗?"张容问道。

"他说'鸡鸡''鸡鸡'!"张宜像是逮到了我在作恶一样得意。

"我是木兰!"我用女腔继续着我在《木兰辞》里的角色,说,"木兰虽然没有小鸡鸡,但这却是关键——'唧唧复唧唧,木兰当户织',这两句的意思是说……"

背

[甲骨文]

雄兔脚扑朔，雌兔眼迷离。两兔傍地走，安能辨我是雄雌？——
《木兰辞》

父亲的用意不是要我"背得"，而是让我透过他口中的咒语，
带我进入一个想象的世界。那咒语里的每一个文字音节都对
应着一个教养剧场里最深刻而真实的意义。

61

练

一字多义是语言之常。在认识一个字的过程之中，我总喜欢推敲：在某字的诸多意义之中，哪一义最为常用？哪一义最为罕用？当人使用此字之时，常用之义与罕用之义是否会形成排挤？以至于使得字的一部分内容形同残废。有趣的是，在和孩子们说文解字的时候，某字之近乎废弃的某义却往往因为过于罕见而令人印象深刻。

将生丝煮熟之后经过曝晒，让丝质变得柔软、洁白，这个过程叫作"练"，练出来的如果已经是织就的布帛成品，也可以叫作练。反复经过水煮、日晒的生缯〔zèng〕由黄转白，发出晶莹的光芒，老古人在这里生发了体物之情，以"练"字为反复操演、详熟或者是经历过诸般世事的洗礼之后，修成了洞明通达的见识和胸襟。

字符内容的扩充是多方面的。这些引申的意义纷然出现，不一而足，有些字义的产生，甚至是基于礼教的功能——也许我们还可以倒过来想象：古代中国重视礼教发展出许多繁文缛节的礼仪，会不会是基于一种扩充语言内容的需要和渴望呢？从"练"之又是一种礼来看，似乎不无可能。

古代父母过世周年祭称之为"小祥"。谓之"小祥"，意思就是放宽一些在守丧头一年里严格得近乎惩罚的生活限制（如"疏食水饮，不食菜果"等）。在稍微改善生活质量的内容之中，有一项就是可以穿练过的布帛，所以小祥之祭又称为"练"。

作为父亲的我终于找机会把这个"练"字说明白，实则另有目的。我希望透过对于字义发展的了解，孩子们能够体会"反复从事"的学习远程如何有助于他们的人生。我希望他们能自动自发地把字写端正、写工整，希望他们能自动自发地弹琴，希望他们能自动自发地学好四式游泳，希望他们能自动自发地阅读……我太贪心，而且也太不切乎孩子们的实际了。他们是"忠实的反对练习者"——如果让他们选一个最讨厌的字，恐怕就是"练"字——他们甚至一点儿也不觉得煮过、晒过而变得柔软洁白的丝织品衣物有什么特别的美感。

"这样吧，"我说，"你们自己从生活里挑几件非做不可的事，按照你认为的重要性的顺序排出来，而且一定要包括各种学业练习。"

"弹琴也算吗？"张容说，我点点头。

"考试也算吗？"他继续问，我还是点点头。

"每天吗？"张宜说。

我不但点头，还语气坚定地答了一声："是的！"

答案很快地出来了。张容的排序是：睡、玩、读、喝、吃、考、练。张宜的排序是：玩、吃、睡、喝、读、练、考。

我自以为得计，登时板起脸道："我看你们已经把其他的事都做完了，该做最后两样了。"

"不不不，"张宜缩着脖子，眯着笑弯了的眼睛，冲我不停地摆动食指，"还早还早，还不到'练'的时候！还不到'练'的时候！"

在那一刹之间，我忽然从她的神情里发现，她加强了语气的那个"练"字，不是练琴、练字的"练"，而是别有所指——那个她新学会而极其罕用的"小祥"之义！

好罢，我不得不承认，这也算是一种识字的练习吧。

送给孩子的字

練

[篆书]

白纱入缁，不练自黑。——王充《论衡》

我希望透过对于"练"这个字字义发展的了解，孩子们能够体会"反复从事"的学习过程如何有助于他们的人生。

62

艺

车行经过以前我们称之为"中华路南站"一带，我总会多看那栋矮楼一眼，它跟我是同一年来到这世上的，后来叫"国军"文艺活动中心，就矗立在中华路边。此处曾经热闹过，夜夜有聚散喧嚣的人潮，一度也跟着西门町商区的没落而冷清。商区看似在人称"西门圆环"的区域复活了，这儿却寥落依旧。三十年来，我甚至连一次也不曾听人提过它的旧名，"国光戏院"。

"国光"原本就是个戏台，偶尔举行晚会、放电影，绝大部分的时候提供三军剧校、剧队演出和竞赛，我打从四五岁上就在这里看大戏，生旦净末丑、神仙老虎狗，最初的惊声叹艳，都在这儿。

五十年代往矣，我上小学三年级的时候，"国防部"直接管控戏院，并扩大硬件设施，在这栋楼上增设了咖啡厅和画廊，也开启了以军队思想教育为主导的文艺时代。父亲当时在"国防部"

任职，说起了一个故事：既然建物外观焕然一新，又有了不一样的名称，面朝中华路干道的大门上得有几个能够撑得起门面的钢架金字招牌，该月谁的字呢？

蒋公？蒋公喜欢到处题字，隔壁中山堂里还挂着他的金漆"亲爱精诚"呢，总不成到处都是他老人家的字。于右老呢？前一年入冬刚过世。还有谁有这个分量呢？司官们想破头，终于有人给出了个主意：集孙中山先生的字。

"可是集来集去，八个挺寻常的字里，就有一个遍找不着。"父亲当时这么告诉我，多年以后我也拿同样的话问孩子，"猜猜，是哪一个字找不着？"

父亲带些顽皮兴味地笑着提示我："孙先生是伟大呀！可是从这个字的不好找，看得出贤者不必百事皆能。"

多年前我没答出来，多年后是我孩子的妈答出来了："艺。"

是的，艺。据我父亲说，执事者上穷碧落下黄泉地找，发现创建了中华民国的孙中山先生留下来的墨迹之中，只有一个"艺"字。

艺，甲骨文之形，是一个人作跪姿，手持树苗，正要栽植入土。这个在意义上包含了技术、成长、知识性和仪式性的字后来广泛地指称书籍（六经也称"六艺"），更用来作为士人以上阶级的共同教养——礼、乐、射、御、书、数，谓之"六艺"，还可以用来表达"法制""条理"和"极致"的意思。科举极盛的几百年里，八股文叫"制艺"，那是官定的逻辑与美学范式。过去百余年间，这个字代表了文化专业的标准和高度。

手创一国的伟人毕生只留下了一个"艺"字，好像总让人觉得有些微凉的、幽峭的、说不出的遗憾。

张容却忽然高声说："不可能！"

"什么不可能？"

"不可能只写过一次！"他皱着眉，噘着嘴，摇着头，像是在思索某个如同手创国家一般严肃的问题。

"为什么？"

"只写一次怎么可能写得会？他上小学的时候一定要写很多次的。"

孩子说得对，有些字我们曾经认真地写过很多次，只是后来不了。

藝

艺麻之如何？衡从其亩。——《诗·齐风·南山》

艺，甲骨文之形，是一个人作跪姿，手持树苗，正要栽植入土。这个在意义上包含了技术、成长、知识性和仪式性的字后来广泛地指称书籍（六经也称"六艺"），更用来作为士人以上阶级的共同教养——礼、乐、射、御、书、术，谓之"六艺"。

63

遗

　　小学都念了快满一年，还搞不懂"遗传"这个词该如何使用，这——不能怪"教育部"，不能怪学校，不能怪老师，也不能怪我自己或者妈妈，因为现在她这年纪搞不懂这个词儿应该是一点都不重要的。

　　上面这一段话是我十分钟之前面对张宜的时候心里的独白。这样的独白经常发生，只要把"一"字换成"三"字，"遗传"换成任何一个其他的语词，立刻可以应用在张容的身上。这段话，就像一段熟悉的旋律，随时会浮现在我的脑海里。每当我再三劝服自己不必对孩子们用语谬误太过焦虑的同时，也会想到自己年幼时的情景——印象中似乎是这样，我所使用的每一个语汇都曾经被父亲指正过吧？我的父亲，乃至于父亲的父亲，在他们成长的过程之中，应该也接受过更频繁、更严厉的纠正吧？

　　我的做法是宁取其拙——重新把孩子从作业堆中或是玩具

堆中唤过来，换个方式、换个故事，再说一遍："跟你们说，孩子啊，'遗'这个字，我最近写诗还用到呢，它还有'大便'的意思……"

听到"大便"，张宜眼睛一亮，连哥哥都凑过来了。

先说个官名，在武则天时代，首度设立了"左右拾遗"这种官位，"拾遗"没有一定的职掌，主要的工作是随侍于帝王身边，提供讽谏，好像捡拾帝王丢掉了的东西一样，校正着他们的过失。《太平广记·卷二百五十八·嗤鄙》上有一则引自张鷟〔zhuó〕《朝野佥〔qiān〕载》的故事，说的是右拾遗李良弼的故事。

李良弼这个人自觉口才便给，言辩深玄，自请出使北蕃。但是匈奴人不吃他那一套，给他个盛了粪的木盘，加之以白刃，威迫他吃。李良弼害怕了，一盘粪吃得干干净净，才给放回来。原本就看不起他的人便讥笑他："李拾遗能食突厥之遗。"此人气节不好，遭遇契丹贼孙万荣，居然用说文解字的方式劝当时的鹿城县令李怀璧说："这个贼姓孙，就是'胡孙'，也就是猕猴，很难缠的。他名字里又有个'萬（万）'，萬字有草，那就是在草里躲藏的意思。野草藏猕猴，哪里打得下来？咱们还是投降了吧？"也因为这一降，日后父子三人连同李怀璧一起落了个杀身之祸。

兄妹俩对于气节如何是没有一丝兴趣的，他们露出嫌恶的表情，异口同声地问："他一整盘都吃了吗？"

"都吃了，吃光了。"我画了个钟鼎文上的"遗"——一双位在上方的手，交出一个象征财货的"贝"（也就是今天我们所写的"贵"字），但是这个字旁边还有个"辶"的偏旁，一般解为"亡去"，东西掉了，因赠送他人而失去了，皆出此义——"所以这个遗字，既有馈赠、给予，也有遗失的意思。"

"那真的会很臭！"哥哥捏着鼻子说。

妹妹也捏着鼻子："一整盘！哇！"

"至于'遗传'这个词——"我努力找回原先的话题，"一定是由我和妈妈遗传给你，你是不可能遗传什么给我的，"我做了一个"给予"的动作，"知道吗？"

"我也可以把线病毒、轮状病毒还有感冒病毒都遗传给你，"张宜看似从鼻子前方抓了一把空气，扔过来说，"还有臭味，也遗传给你！"

我只能假想，她大概懂了这字的意思了。

遗

[篆书]

强国之民，父遗其子，兄遗其弟，妻遗其夫，皆曰："不得，无返！"——《商召书》

这个"遗"字，既有馈赠、给予，也有遗失的意思。

64

矩

　　我常在看孩子们玩耍的时候生出怀疑，人总是在与规矩的搏斗中发现游戏的真趣。孩子越来越熟练地玩着，忽然间创造了一个原本不存在的规矩，世界从此豁然开朗。

　　文字的进展亦复如此，原本造字的规矩粗备，但是表义达情仍不敷应用，忽然有人（我相信绝对不止一个人）发现了巧取豪夺之法——为什么不抢来一个原本就有的字符，去表达一个崭新且难以具体表述的意思呢？

　　在大学时代令我最感困惑的课业是文字学，最感困惑之处则是如何判断一个字究竟属于"六书"之中的哪一"类"。有些字，望之若"象形"，解之成"指事"；有些字，明明是字中诸形符"会意"而成，但是偏偏其中有一部分也接近了本字的读音，那就得归为"形声"了；还有些字，看似有着明确的形符和音符，可是从文字发展的历程上看，我总不能断言，此字究竟是先有了它的形符，再加上一个注音符号，抑或是先有了一个表音的记号，再补充以形符作为意义的补充说明呢？

有些文字学家告诉我们，占中国文字里大多数的形声字声符是不具备意义的，它就是这个字"字中的注音"，然而也有像鲁实先这样的学者强调："形声字必兼会意"。于是接下来我们更有了调和之论："形声字多兼会意"。

如规矩的"矩"字，在现有的甲骨文、金文资料之中，都找不到这个字。到了小篆通行的时代，此字已经写作一个"矢"字偏旁，加上一个看似作为声符的"巨"字。明明是声符，何以说"看似"呢？这道理很简单："巨"也有可能根本就是"矩"的本字，所表达的就是"工匠所使用的、带有直角的曲尺"。这样就不能把"巨"单单当作是一个"声音的符号"了。

"巨"，甲骨文写成两个作十字交叉的"工"，像十字尺之形，金文则是一个人手持一形体略长的"工"字，在中间那一竖的右侧，有一个像是把手一般的半规，显然是指工师用尺作丈量状。许慎《说文》就以这个"巨"字为规矩的"矩"字的"初文"，"初文"一旦被"有义无文"的字假借而去，只好再累增字符以表达原本的意思。也由于先民原本没有表达抽象意义如巨大之"巨"的字符，索性就借夺了具备这个字音的"巨"字，而使原先表达工师用尺的"巨"不得不增添一个"矢"的偏旁。但是，当这个"矩"字又因使用时多用以表达"规则""范式""既有而不可更改的准据"，作为"工师用尺"的本字只好再增加一个木字形符，成了"榘"*。一个规规矩矩的字，只因好写、好用，被他字借东借西，加以本身不得不改头换面，成就了许多新的字。

张容和张宜下跳棋、下象棋乃至于下围棋，都已经下了好几年。有时兄妹对决，有时找我凑兴，有时遇到来家做客的高人，也会请教几盘。如此角力，却都不如他们自己边玩边立新规矩的游戏来得过瘾。但是当我看他们以走象棋的方式下围棋的时候，忍不住出声制止："黑白子下定了就不能动的，这样太破坏规矩了。"

"有吗？"张容说，"我们只是借用一下象棋的规矩呀！"

"对呀，反正都是规矩呀，而且这样比较好玩！"

"这是不可以的。"

"为什么什么事都要按照你说的规矩？照规矩有什么意思？照你的规矩一直玩一直玩会很无聊你知道吗？"张宜站起来，手叉着腰，连珠炮一般地说道，"为什么我们不能用自己的规矩？如果你写稿我们也叫你照我们的规矩，第一个字一定要写'我'，最后一个字一定要写'们'，你也可以写得出来吗？"

我想了想，说："最后一个字写什么？"

张宜更大声地说："'们'！"

---

* 今简体仍作矩。——编者注

矩

[金文]

七十而从心所欲，不逾矩。——《论语》

人总是在与规矩的搏斗中发现游戏的真趣。孩子越来越熟练地玩着，忽然间创造了一个原本不存在的规矩，世界从此豁然开朗。文字的进展亦复如此。

第四辑

认得几个字，认得几个好朋友

孩子学习汉字就像交朋友，不会嫌多。
无论字的笔画多少，都像一个个值得认识的
朋友一样，内在有着无穷无尽的生命质料，
一旦求取，就会出现怎么说也说不完的故事。

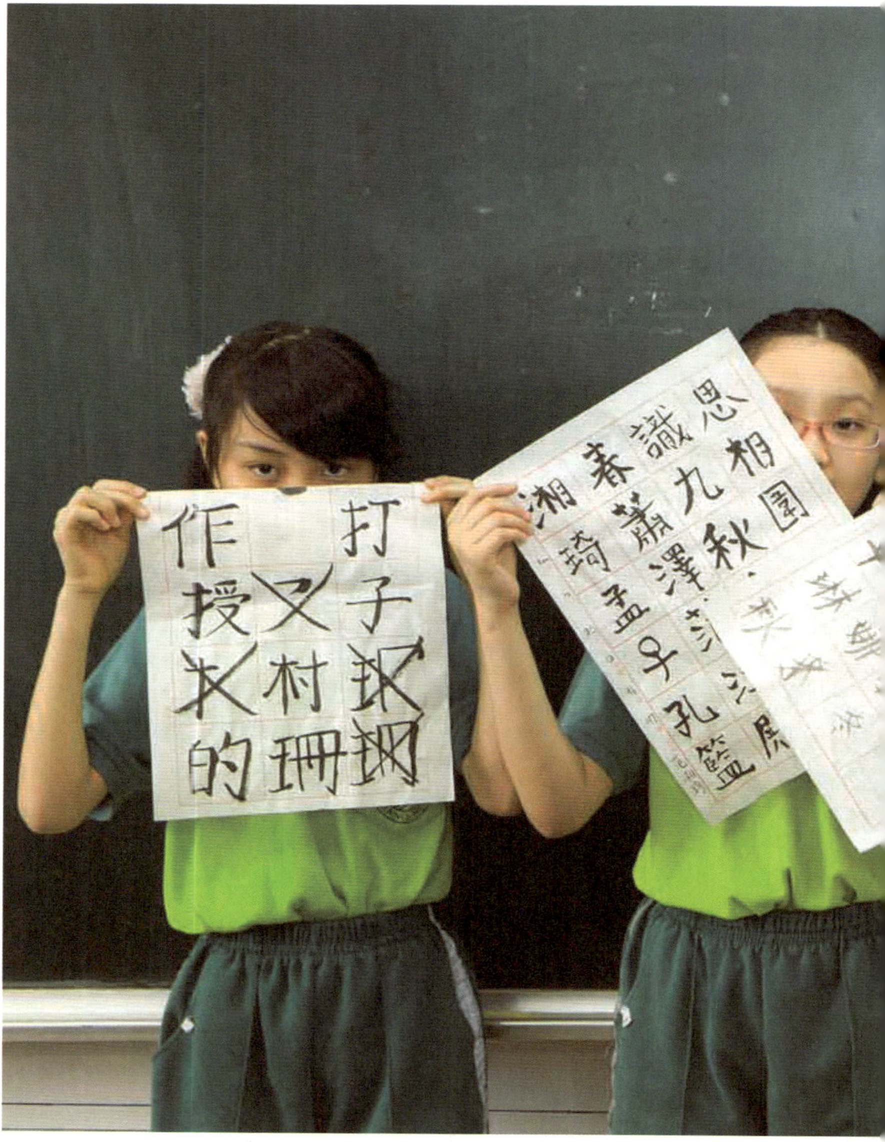

得诗

65

刺

在离家八百公里的香港，一位透过报纸专栏文字而对我略有些期许的读者在人群中跟我说："你应该编一本成语词典。"

那是一个作家云集的座谈会后，人挤人，鞋踩鞋，话抢话，我听得不十分真切，回头问了一声："您说编一本什么？""成语词典，非常需要，每个人都非常需要。"这位女士加重语气，拉住我的衣服，"一个字一个字学习太慢，太没有……"

我猜想她接下来说的是"效率"二字，但是那两个字当下被另一组人订约聚会的语词盖过去了，她放开手，朝我挥了挥，像是要我别在意，而可以立刻去展开工作了。

我回到八百公里外的家中，面对的第一项工作是帮助张容完成一篇两百五十个字的读书报告——《〈鲁滨逊漂流记〉读后》。"我认为这本书很惊险刺激，'刺'怎么写？"

"如果你会写'惊险'两个字，可以写'惊险动人'，不一定要写'惊险刺激'。"我说。

"'惊险刺激'比较像成语,老师说我们应该多练习写成语。"

我先教孩子写出了那个"刺"——通常,教写字的方法是我用语言描绘出个别字符的形状,让孩子自己去捕捉,而不是写给他看,比方说:"'刺'这个字分左右两边,左边宽些,右边窄些;宽的这一边上面是一短横,底下写一毛巾的'巾'字,'巾'字那一竖画往上得要揸出一字来,底下带钩,再给加两撇小胡子;窄的这一边你学过的,就是那个刀字偏旁。"

张容原先很喜欢这种学习方式,因为他可以一面写,一面得掌握我语言中所传达的图像,掌握得精确与否,关系到字形笔画的比例、结构甚至正误与否,总带着些解谜的况味。不过,自从迩来老师大量加重词汇教学之后,孩子似乎开始对字的组合有了更大的兴趣——果不其然,一旦张容会写这字了,冲口而出的话就是:"'刺'有什么成语吗?规定是要把'刺'放在第一个字的位置才算。"

我立刻想起香港座谈会上惊鸿一瞥的那位女士,到了这一刻,我才真正体会到"应该编一本成语词典"的意思——的确应该有人为我们这些家长们编一本《超级无敌成语王》或者《永远不被孩子考倒成语大全》随身当小抄。

我支吾了半天,说:"'刺字漫灭'应该算是一句成语了吧?"

"那是什么意思?"张容问。

"这是东汉时代一个叫祢衡的读书人的故事。祢衡是个有才气、有学问也非常自负的读书人，可是他早年的际遇很坎坷，没有遇上真正能欣赏他、任用他的人。当时的读书人要去求见大人物，找份差事，都得随身带着一张手写的大名片——"我随手比画了一个差不多 A4 纸张大小的方框，说，"可是祢衡老碰钉子，一张大名片一次又一次投递出去，却一次又一次给退回来，到最后，名片上写的字都给磨得看不见了，还是没有人愿意任用他。'刺字漫灭'就是比喻人怀才不遇，时运不济的意思。"

"那我们怎样才会怀才不遇呢？"张容问。

"这个嘛，这个嘛——"我想了一会儿，只好说，"这是一种大人的心境，到时候你就能体会了。"

"还要写那么大一张名片吗？"

"算了。"我说。我只能跟香港那位交代我任务的女士说抱歉了。有时问题不在成语的丰富与否，而是人生经验实难编纂分发，而像大名片这一类的人生经验竟是一去而永不复回的。

刺

[篆书]

刺，君杀大夫曰刺。刺，直伤也。——《说文解字》

"刺字漫灭"就是比喻人怀才不遇，时运不济的意思。有时问题不在成语的丰富与否，而是人生经验实难编纂分发，而像大名片这一类的人生经验竟是一去而永不复回的。

节

　　母亲节开始逐渐商品化的那个年代里，每到四月下旬，电视广告就不断提醒为人子女者：该掏出点银子来表达一下对妈妈的感念了。我父亲总笑说："这是'祭如不在'！"那时还不流行在父亲节向仍旧健在的父亲表达集体的商品礼敬之意，父亲为此深觉庆幸，像是逃过了大劫。

　　我自己当了父亲，看着母亲节前孩子们应付各式各样的应景活动，要画卡片，要写信，要作诗，要手制小礼物，还得准备才艺表演，好像该感谢的妈妈不止一人。我于是脱口问道："父亲节就没这么忙，真是奇怪呀？"

　　张容继续写着他的感谢状，一面说："不可能的。"

　　"爸爸对你们付出得不够，是吗？"

　　"不是，"张容露出那种"这么简单的道理你都不明白吗？"的表情，看我一眼，说，"因为父亲节一定是在暑假里，学校管不到，懂吗？"

是了！公共意志及其权力所不及之处，不足以言节。

"节（節）"的物性本意不难解，是指竹子生长到一定的长度就会有"约"——缠束。而"節"这个形声字的声符是"即"，即，就也。这个字原本描绘的是一个人就其定位、准备吃饭的状态。今人喜言"到位"，话说得对，谓之"说得到位"。钱入了户头，谓之"钱到位了"。我听过"到位"一语应用极致的例句乃是："某人一个离婚办了十年，还不到位。"

《易经》上说："君子以慎言语，节饮食"，这种人伦教训应该是晚出且附会的意思，然而附会并非无理。把竹子的粗硬部位当作是一种礼仪传统的约制，甚至要将这约制内化成为一种修养，或是收敛欲求的锻炼，这个字就掺和了"公共"所加诸"个体"的规范。

天地四时以应于农事者，便有了二十四节气；王命授受而施之于行人者，便有了旌节、符节、虎节；连为了方便认知而不得不将客观事物加以分类、区隔，也用上了这个字。《淮南子·说林训》说：看见了象牙就知道象比牛大，看见了虎尾就知道虎比狸大，这是"一节见而百节知"的道理。此外，在音乐上也用这个字，所指的是乐曲或歌唱的拍子。"和乐为之节""制乐以节"皆属此义。在政治架构上，节有次第、等差的意思；在律例架构上，节有法度、准则的意思。可见"节"字在中国人广泛的引申之下，确然有一个不断巩固的"公定""公设"之意。当有人这么说："临大节，不可夺也！"你就得留神了，这是明明白白地告诉你：形势比人强，你要有在劫难逃的准备。公定、公设了某个角色能有"一节之得"，表示此人断断乎脱离不出社会的常轨。

"我觉得什么节都有得说，"我一本正经地跟张容说，"就是'儿童节'一点没道理。"

"为什么？"他放下了功课，像是要捍卫他的权利的模样。

"儿童对任何人没有贡献，总是把家里弄得很乱，喜欢顶嘴，卫生习惯很差……"

"那也是你们大人的责任，"张容一本正经地说，"你们大人如果不交配，就不会有我们儿童了！"

節

[篆书]

君子以慎言语，节饮食。——《易经》

"节（節）"的物性本意不难解，是指竹子生长到一定的长度就会有"约"——缠束。"节"字在中国人广泛的引申之下，确然有一个不断巩固的"公定""公设"之意。

67

震

　　烨烨震电，不宁不令。百川沸腾，山冢崒崩。高岸为谷，
深谷为陵。哀今之人，胡憯〔cǎn〕莫惩？

　　这是《诗经·小雅·节南山之什》的第三首《十月之交》的第
三段。诗序将整首《十月之交》解释成讽刺周幽王的暴政，郑玄
笺诗则以为所刺的对象是周厉王。

　　后来的说法更多了，有援引各种天文和地理资料证明周幽王
二年和六年的时候分别发生过日食、地震的灾变，因此而旁证了
此诗所"刺"的对象应该是周幽王的宠臣"皇父"——这两个字
是一个姓，为春秋时代宋国的公族，秦时迁徙到茂陵之后改称
"皇甫"氏。而早在周幽王时代，这个高居卿士、总领六官的"皇
父"很不得人心，所以两千多年以来，拈题"诗教中尖锐的讽刺"，
都会以《十月之交》为模板；而指称"无能的宠臣"，亦径以"皇

父"呼之。

可是事情可以不可以倒过来看呢？皇父冤不冤呢？

《十月之交》的叙述大致是顺时性的，诗文首先指出，在周历十月上旬的时候，发生日月蚀天象"告凶"，接着就是前文揭示的地震剧变。诗人随即直指皇父和他的权贵"同党"等八人的身份，以及权贵拆除墙屋，破坏田地，以及进行大规模的迁都，将国家的贵室、权臣和库藏积蓄都迁移到"向"（今河南济源）这个地方，建构新城市；皇父甚至连一个可信、可用的老臣都不肯留给"我王"。诗人在诗篇的最后还强调：像这样的小人能够得以相聚而晋用，一定会酿成灾祸，我（诗人自己）可不能像其他人那样漠不关心。

看来这首诗的作者是一个孤忠耿耿的小臣，由于天象之变，兴起了对于掌权大臣无限的怨望。可是，这位诗人有一件事说不通：既然诗中明确言及"艳妻煽方处"，所指当然是指周幽王宠幸褒姒，其势炽盛，不可动摇，则罪魁可知；但是为什么诗人勇于谴责皇父，却无一语及于"我王"的罪恶呢？历来说诗经的"刺"，都指称其温柔敦厚，我看这是酱缸里的熏染，一贯模糊了真正该被指控的焦点。

然而，皇父或许只是个替罪的大臣而已。

事实很可能要从另一面看：皇父——一个强势作为的幕僚长——在天象"示警"之后，历经三川地震的实质灾变，目睹土地崩坏、田园残破，便和周的宗室、贵族以及大臣们商议，做成了并不符合小老百姓当下利益的决定：位于受灾地区的岐原破毁不堪，我们应该立即东迁到"向"（即诗中所谓"作都于向"），重建家园，并另筑都城。这是去不复顾的一次大移动！

皇父真正体会了这个动态。

大规模往东迁徙，在稍晚的周平王时代是一桩无可非议之事，但是在皇父，却仿佛是一桩天大的罪行了。皇父只不过比较早一点揭发了当时大部分安土重迁的人们所不愿面对的 inconvenient truth*——有一块生我育我养我饲我的土地已经毁了我。

震，以易卦言之，是一个震上震下、万物发动之象。台湾的"九·二一"集集大震以至四川的"五·一二"汶川大震都带来了巨大的灾难和伤恸，余震未息之际，能发动的好像还有更多，全世界最大规模的哀悼与救援捐助也动起来了，我在目睹死伤者痛苦时掉下的眼泪，也常常是因为不惯体察而忽然涌现的陌生人的慈悲，而众人的慈悲一旦发动，其势沛然莫之能御。

震，天地以此提醒人们：我们还活着，而且世界也还在不息地动着。两个孩子问我："地震会不会来？"我说："当然会，但是地震来时我会趴在你们的身上。"他们于是沉沉睡去。

---

* 意为难以面对的真相。——编者注

震

[草书]

震，劈歷，振物者，从雨辰声。——《说文解字》

震，以易卦言之，是一个震上震下、万物发动之象。震，天地以此提醒人们：我们还活着，而且世界也还在不息地动着。

68

妥

字从何处发生？究极而言，实无定处。只是人年纪越大一点，似乎越不能忍受一个熟悉的字竟然有着全然不同于幼学所知的来历——这事要从我自己的反省说起。杨德昌拍《独立时代》（1994）那年，我已经三十好几了，某日赴拍片现场找他洽谈上电视节目宣传的事，他人不在，我问副导余为彦："杨导呢？"余为彦四下略一环视，忽然想起来了："喔，在后面楼梯间，妥一下。没办法，实在撑不住了。"

我字字听得真切，却不明白"妥"为何义？唯其比合上下文猜测，杨德昌和剧组日夜赶工，精神不济，现在趁空躲在楼梯间睡觉了。然而，是这个"妥"字吗？

不久之后，我在任教母校的走廊上遇见教文字学的学长，赶紧问一声："有没有发音是'妥'的字，有睡觉或小睡片刻的意思？"学长想了很久，表情比我还困惑。他说要查书，查到我们都忘了这事。

我自己也懒得随手查书。许多年过去，又在不同的场合遇见些制作流行音乐的朋友，仍旧是不意之间听见某人熟极而流地迸出一句："妥得好好的，偏给你们挖起来！"甚至还有词汇："我就是要妥条，别的什么都不管了！"在言谈间能够自然运用此字以表"睡"意的人有一个共通点，他们都有出身眷村的成长背景——虽然我也是"国防部"眷舍子弟之一员，但是，本村的孩子似乎从来没用过这个字，我们睡就睡了，不"妥"。

是的，在某些村子，"妥"就是睡，"妥条"就是睡觉，殆无疑义！不过，为什么呢？

直到有一个假日，我躺在长椅上看书，看着看着，打了个呵欠，忽然听见自己冒出一句："不行了，得妥一下！"

"你说什么？"张容问。

"我说我要睡一下。"

"你刚才不是这样说的。"

"我是这样说的。"

"你不是。"

"我说'我要妥一下'。"

"你为什么要这样说？"

行了，别妥了。查书去吧。

一个很古老的字。在甲骨文里，我们看到一只大手压制着呈跪姿的女人。的确，在《诗经》《礼记》里，都以"安坐"来作为妥字的解释。那是因为女人都不能好好地坐，而必须以手安之吗？俞曲园却引《礼记·曲礼》中那句"役于妇人"的疏文强解出"妇人能安人"的意思，说什么伺候老人（七十岁以上）得靠妇人才称手。这一解用本字字形说是不通的，因为大手明明是加之于妇女，怎么会是女子看顾老人而"疾痛疴痒均宜搔之"呢？倒是在《说文·段注》之中，我们读到："安，女居于室；妥，女近于手。好女与子妃（此处的'妃'是动词，作匹配、交合解），皆以'男女、人之大欲存焉'。"这话看来是把"安妥"往男女之事上推进了一步。于是古文字学者李敬斋才会这样解释"妥"："绥也，女不安，抑而靖之，从爪、女会意。"好像是说，"妥"之所以有"安适"之义，唯有用最粗俗的现代语"把女人搞定了"才能说明。

　　文字学家不会这么教人，我也不好用这个解释教孩子。好像一旦涉及了"男女、人之大欲存焉"的"两个人睡"，就不够敬惜文字，也亵渎了造字的古人似的。于是我阖上书本，说："睡着了，舒服了，就妥当了。"我告诉自己，那个"从爪、女会意"的细节，不关我的事——我还是一个人"妥"好了。

妥

[甲骨文]

绥，舒也。——《广雅》

字从何处发生？究极而言，实无定处。"妥"，一个很古老的字。在甲骨文里，我们看到一只大手压制着呈跪姿的女人。

69

喜

　　小兄妹经常会发掘一些大人永远不能明了其来历的话题，"喜欢和讨厌的字"是其中之一。

　　张容喜欢"讀（读）"字（以及所有"言"字偏旁的字），喜欢"書（书）"字，喜欢"畫（画）"字，他认为笔画繁复的字比较均匀，他还喜欢"融"字——我认为这和他的好朋友叫"吴秉融"有关。他不喜欢"買（买）"字，也不喜欢"為（为）"字，因为字中的"点画"常让他有不知如何"分配空间"之感。张宜的好恶标准则不太一样，她喜欢"爸""妈"和"妹"字，因为这些都是家人的称呼——但是不包括"哥"字；她还喜欢"筆（笔）"字和"摇"字，因为"笔"字看起来很"正式"，"摇"字则包含了妈妈名字的一部分。她不太喜欢"國（国）"字，因为"明明是方方正正的字，里面却有人歪歪扭扭捣乱"。兄妹俩都不喜欢"麼（么）"字和他们的姓氏——"張（张）"字，因为"麼"字"真的很丑"，而"張"字则"比'麼'字还丑"。

和孩子们聊起这种毫无知见深度的话题，总让我回想起自己在多少年前发现这世界之初所感受到的迷惑与情趣，让我回到自己构筑成见的开始。我在念小学三年级的时候，也曾经用一整本练习簿分两头抄录了自己喜欢和讨厌的字。时隔四十多年，犹记得讨厌的字中包括了"七""九""氣（气）""沉""堯（尧）"……有的是因为字形难以工整，有的因为笔画倾侧歪斜，有的甚至是因为令人讨厌的同学姓名之中有其字，原因不一而足，成见却坚持了许久。直到上了中学，我还一直怀疑，作为一位圣王的"尧"，一定有什么重大而不为人知的恶行。

除了有太多"点点"的"氣"字和"沉"字，张容对于我所讨厌的字很不以为然，他觉得"堯"一看就是一个"端端正正坐在那里的好人"。我说是的，喜欢、不喜欢这种事常常是不讲道理的。张宜抢着说："我也喜欢'喜'！"

"为什么？"

"我喜欢喜欢的感觉，不喜欢不喜欢的感觉。"

"你知道'喜'是跟着大家一起高兴的意思吗？"

"我不喜欢跟着大家高兴，我喜欢高自己的兴。"张宜说着，开始出现了不很高兴的表情。

可是，从根源上看，中国人的"喜"原本并不是描述个人情感或性向的字。"喜"字的上半部读作"驻"，是陈列乐器支架的象形符号，底下的口表示唱歌，整个字比合起来看是"应声而歌"

的意思。也就是说，跟随着音乐的节奏而歌唱，出于一种"和"的情感，用之于庆典之类的仪式，这种愉悦的情感是被唤起的，是与他人共之而产生的，换言之，是"从众"的。"取鼓鞞〔bīng〕之声欢"，用今天的话来形容，将气氛炒热闹了，引起大家的谈笑兴致。这个字，大约到了春秋时代以后，才渐渐有了"个人爱好"的用法，所以孔夫子"晚而喜易"，很难说是追逐众人之流行。

我没提孔夫子，只把甲骨文里的鼓架子画出来，底下再画上一张发出歌唱音符嘴，故意说："这是没办法的事，你看我们过年说'恭喜'，节日叫'喜庆'，都是跟着大家一起高兴的意思。"

"我不喜欢跟大家一起高兴——"她大声起来，"我也不喜欢跟你姓，你的姓很丑！"

"你已经姓张了，能怎么办呢？"

"我要去找'立法委员'！"

喜

[甲骨文]

不以物喜，不以己悲。——范仲淹《岳阳楼记》

从根源上看，中国人的"喜"原本并不是描述个人情感或性向的字。这种愉悦的情感是被唤起的，是与他人共之而产生的，换言之，是"从众"的。

70

闹

我一直以为上一个暑假应该就是最后一个打打闹闹的暑假了。从上一个暑假到这一个暑假之间，不是已经过了一个大年了吗？孩子不是变胖又变高了吗？可是伴随着远近噪鸣的蝉声、午后的雷雨声和暴涨的山溪声，我还是浸泡在一片打闹之声里。

"再闹！"我吼了一声，收拾着一桌子被打翻的墨汁和清水，拈起笔写了一个"鬧（闹）"字："来认你们自己的字。"

俗用从"鬥（斗）"的字很少，一只手指头数得过来，不过"鬧（闹）""哄（哄）""鬩（阋）〔xì〕""鬭〔dòu〕""鬮（阄）〔jiū〕"而已。这个小族群的字必定来自一个"相争""争胜"的状态。

罗振玉依甲骨文字形解释，以为"鬥（斗）"字是两个人"徒手相搏"。不过，如果仔细观察两边相持不下的人，似乎并非徒手，而是拿着家伙对干。于是《说文》许慎又以为斗字本从"丮"——此一字符的读音和意义都是"戟"（武器），也可以解作手持器械的动词。

清人段玉裁根据《说文》分部的次第另为判断，认为将"丮"字搅和进来，定为"持械"之说，根本是浅人窜改许慎原作，不是《说文》的原意。依照段玉裁的解释："鬥"还应该是两个人徒手相争。因为乡下人打架，总是两个人相互揪扭，没有必要牵连上持械搏击的士兵。光是这个字里有没有"武器"，就斗得够凶、闹得够凶了。学者之争，何其烦琐无聊？

话也不能这么说。这个"鬥"字里容有武器与否，牵涉到我们对于古代老百姓能否拥有武器的判断。照段玉裁的推测，"乡里之斗"是用不着也拿不到武器的。换言之，在发明"鬥"字的时代，人们不能自由拥有武器，则"鬥"势必徒手进行。

张容仔细观察了这个字的甲骨文造型之后，说："我觉得这个字里面没有武器，如果是吵吵闹闹而已，干吗要用武器？从前的人用锄头也可以把人打得很惨，可是邻居打架不会打得那么惨。"

"如果不是武器，那两个面对面争执的人手上那么多分叉又是什么？"我问，同时想起了毕加索一九三二年的那张名画——《梦》。

画中的女子（据说是年方十七岁的玛丽·德瑞丝）似乎是沉陷在柔软的沙发里假寐，她的眼睛闭着，红唇微启，酥胸半露，涂以粉绯色的左脸显然是一支半勃起的阳具，但是两只搁在阴部前面的手各自有六根手指。毕加索的新女友当然不是骈拇枝指之人，世故的观画者都知道：那是一双动态中的手，多余的两根手指所显示的不是实物，而是动态，画中半梦半醒之间的女人正在愉悦地自慰着。

我很快地从那张《梦》中醒来，想到这个"鬥"字的发明是否也出于相似的逻辑，为了表现乡人相互揪扭厮打，手臂、手指、拳头为什么不能以纷乱歧出的笔画来表现呢？

"鬧"则是一个后起字，出现的时代相当晚，至少在唐代以前的文献资料里还看不到这个字。这是个标准的会意字，比合"鬥""市"可知，市集上的人为了买卖争胜而大声吵嚷，喧扰不安，甚至爆发冲突。

"我们家一定要因为有你们两个在，就变成菜市场吗？"我说。

小兄妹并不理我，他们只是专注地盯着纸上那个"鬥"字的甲骨文。良久之后，张容问张宜说："你看它像什么？"

"锹形虫。"张宜说。

他们终于在不理会我的教导上安静地达成了共识。

鬧

[篆书]

绿杨烟外晓寒轻，红杏枝头春意闹。——宋祁《玉楼春》

"鬧（闹）"是一个后起字，出现的时代相当晚。这是个标准
的会意字，比合"鬥""市"可知，市集上的人为了买卖争胜
而大声吵嚷，喧扰不安，甚至爆发冲突。

71

悔

"今天不做，明天要后悔。"

某大建设集团的老板这样告诉我们，那是一则带着谆谆劝诫之意的房地产广告，从汽车收音机里飘出来。我初不在意，不料张宜忽然倾身向前，叹了一口气，幽幽地说："我每天都在后悔！"

我减缓车行，向路边停靠了："你每天都在后悔？这很严重呀！你后悔什么事呢？"

"很多呀，"张宜说，"字不会写会后悔，没有练琴会后悔，考试考不好会后悔，水壶忘记带会后悔，肚子饿了没有东西吃也会后悔。反正每件事好像都会后悔——咦？你为什么不开车了？"

我在想王国维那首诗《六月二十七日宿硖石》："新秋一夜蚊如市，唤起劳人使自思。试问何乡堪著我，欲求大道况多歧。人生过处惟存悔，知识增时只益疑。欲语此怀谁与共，鼾声四起斗离离。"王国维的夫子自道之辞更能表达这一份"人生过处"的无奈和感伤："余之性质，欲为哲学家则感情苦多而知（智）力苦寡，欲为诗人则又苦感情寡而理性多。"

王国维的一个"悔"字所呈现的是种种交互作用而使人踌躇不前的两难，他的整个儿人生都笼罩在左支右绌、趑趄〔zī jū〕不前的矛盾之中。这种"悔"，是在受想行识的纠缠之中自寻烦恼，境界自有其高度，似乎和"每天都在后悔"的一个小孩子距离甚远。

平日言谈之际，往往比妹妹更见幼稚的张容则赶紧插嘴道："我也常常后悔。记不记得上次跟我打甲虫机？你教我用'剪刀必杀技'，结果输了，我也很后悔，我应该出'布'的。我每次打甲虫机听你的话都一定会后悔。"

"'每次'吗？"我不服气地问，"我没有帮你算对过吗？"

"你算错的我比较会记得。"

"悔"是一个形声兼会意字。"每"既是"悔"字的声符，也是这个字主要的意义来源。在甲骨文里，"每"字可以单独看成一蓬杂出兀长的野草，那模样简直就是"野火烧不尽，春风吹又生"。也可以解为一个看来头上顶着一丛乱草的女人（母亲），那丛乱草颇有抽象的意义，象征众子女出自母体，也就是一个接着一个，"众所从出"的意义。看样子，"每"字在初民社会里还有繁衍子女的况味。然而，这是我仅见的一个对于生养众多子女却不带任何祝福之义的字。相反地，从跪着的女人头上凌乱杂厕的线条看起来，这个母亲对于一胎又一胎、漫无止境地生孩子这件事，是感觉不愉快，甚至厌烦的。

所以打从造字之初，"悔"这种情态就已经包含了"屡屡""经常"甚至"总是"之意。而且这种一而再、再而三的重复，并不是什么愉快的经验，我们可以根据字面来断言，"每"不是一个表达频繁性的中性字。"每"就是重复发生令人痛苦之事的表述。而"悔"，也不是只发生一次的自责自怨，而必得是接二连三、避之无地的过失和怨恨。

"我们不回家了吗？"张宜问。

"现在不回家，等一下要后悔，哈哈哈哈！"张容高兴地叫起来。

悔

[甲骨文]

亦余心之所善兮，虽九死其犹未悔。——《楚辞·离骚》

"每"就是重复发生令人痛苦之事的表述。而"悔"，也不是只发生一次的自责自怨，而必得是接二连三、避之无地的过失和怨恨。

72

掉

学校规定，不论身在音乐班与否，每个孩子都要准备一支直笛。张容有一支直笛，张宜有——前前后后算起来——三支。多余的两支不能谓之多余，因为"掉了"。在买了第三支直笛之前，她还差一点把哥哥借给她应急的那一支也掉了。

我还是个孩子的时候，也经常掉东西，掉文具，掉衣服，掉任何不长在身上的东西，我也总不明白那些遗失了的东西为什么不肯老老实实跟着我。东西丢了就得再张罗，通常这是要花钱的。父母亲心一疼，孩子就免不了挨揍；一旦揍上几回，许多东西就长回身上来了。于是身为父亲的我准备好一根比直笛粗一倍的棍子，这一天眼看是要动大刑了。

我一个人在家，先试试下手轻重，左手打右手心、右手再打左手心。棍子在手，挥一挥，晃两晃。我勉励自己，今天下午等张宜回来，一定要咬紧牙关，施以家法。棍子在空中摇晃着，转舞着。家法。我重复告诉自己。省了棍子，坏了孩子，不能惜物的孩子将来一定如何如何……

掉，原先就是表述"摇摆""颤动"之义的字。《国语·楚语》上用溽暑之际不停挥摆尾巴的牛马，来形容多征战烦扰的边境。此字从手从卓，于六书分类算是形声，而这个形声字的声符也表示一部分的字义——"卓"，就是高。《说文》的作者许慎以为，卓字有"日在十上"，"十"又表示"中央与四方"，顶着个日头，应该就是个表示"高高在上"的会意字。我却以为这"卓"的解释没那么迂曲，它就是一面高高举起、形象显著的旗子。左边加上一只手，乃是摇旗。

从摇摆，还能引申出许多动作。像"翻转"，苏东坡有知名的十字句"潜鳞有饥蛟，掉尾取渴虎"即是。此外，也有"整理"之意。《左传·宣公十二年》描写善战者潇洒临阵的情态，作"掉鞅而还"（整理缰辔，从容不迫地归阵）。还有，像是更晚起的"卖弄"，如"掉书袋"一词，命意绝不是把书袋遗失、掉落而散漫一地，反而是高举、晃动、招摇，应该是从最早的那支迎风招展的旗子衍生出来的。

但是根据《朱子语类》可知，在南宋时，这个字已经另有遗失的意思，估计和"抛开""扔下""减少"这一类的字义差不多，都是较晚出现的。

"你认为一而再、再而三地掉东西，该不该打？"

张宜摇摇头。

"那么我这样问你好了：你认为爸爸喜欢打你吗？"

"喜欢！"她笑着说。

这是个出人意料的答案，而我不能接受，遂益发严起脸道："你从小到大，犯过不止三十次、三百次错，我打了你几次？有没有三次？"

张容这时在一旁抢着说："四次——有一次是在外面餐厅，你用手掌打过一次。"

"你不要废话，那就是三次。"我转回脸，继续对张宜说，"这样叫喜欢打你吗？"

"你就是喜欢打我。"说时，她的声音饱含委屈，但是眼睛还在笑。

"为什么这么说？"

"我如果犯了那么多错，你早就打我三十次、三百次了，所以我根本没有犯那么多错。"

我一时为之语塞，"家法"不时轻轻拍打着自己的手心儿，一会儿，那棍子就掉了。

掉

[篆书]

言必据书史，断章破句，以代常谈，俗谓之掉书袋。——《南唐书·彭利用传》

掉，原先就是表述"摇摆""颤动"之义的字。从摇摆，还能引申出许多动作，像"翻转"；此外，也有"整理"之意；还有，像是卖晚起的"卖弄"，如"掉书袋"一词。在南宋时，这个字已经另有"遗失"的意思。

73

牙

早饭桌上，张容表情慎重地告诉我："我好像吃掉一颗牙。"

"是该换掉的牙吗？"

他点点头，拨开嘴唇让我看那豁了一枚犬牙的空洞："我只记得做了一个梦，梦见吃爆玉米花。"

"所以你把牙吞下去了？"

他看着我，微微带些遗憾的表情，点了点头。

他知道我用一个臼齿状的盒子搜集了小兄妹几乎所有的乳牙。当然，这样的收藏不可能完整，有的小牙"掉在学校"，有的"放在破洞的口袋里不见了"。

"这种事真的没办法，你应该看开一点。"他这算是安慰我了。

牙和齿可以指不同之物。一个说法是，正中平齐的称为齿，在左右两侧形状尖锐的称为牙；另一个说法是，当唇者为齿，在辅车之后者为牙。在这里，需要解释的反而是"辅车"这个词。

辅，面颊之谓也。辅车，既是指面颊和牙床，也可以指古代车轮外夹毂之木和车舆——无论何者，都是指相互依存的状态。《左传》上引用古代谚语，就有"辅车相依，唇亡齿寒"的句子，用之以形容那些受分封的诸侯王之间密切的邦交关系，是很恰当。先民使用的金文里有牙这个字，形如两个左右相反、却上下相嵌合英文大写字母"F"。这就是在告诉我们：牙，没有孤立一颗而能存在的。

牙字也有"咬'的意思，不过，作为动词的牙字只生存了很短的时间，大约就是汉代，此前此后几乎都不用这个字表示啮咬。但是作为名词的牙，意义分化得便不少了。有专指象牙的用法，也可以借指形状像牙齿的佩玉类器物。

另有一些时候，牙——就像"卓"字一样——就是一面旗帜的象形符号。作为旗帜的"牙"，与原先动物嘴里这坚硬、锐利的咀嚼工具全然无关，根本就是另一个字符，所指就是一种特殊的将军旗。于驻守、行军以及作战之际，一般咸信：牙旗就是将帅的象征，万一折毁，于领军之人极端不利。大概也就是从这个旗号的意义开始，"牙"既可以指军中将帅所居之地，又可以衍生出第二个动词的意义：驻扎。甚至，此字也用来称呼西北突厥等民族（特别是指那些常保机动战斗能力的民族）的王庭。再过一段时间，不只是军队中有旗帜的长官可用，这个字甚至被用来借指一般的官署（也就是后来的"衙"字）了。

牙，也有中介之意。就饮食惯性言之，食物落肚之前，必须经由齿牙啮咬碾磨，才好消化，这是一个可能的意义来源。此外，让我们回头看一看那两个左右相反、却上下相嵌合的英文大写字母"F"，便不难理解，相互依靠、相互结合，本来就是牙的生存之道，是以居间说合买卖双方相互交易牟利之事遂以"牙"冠之，而有了"牙人""牙行""牙市"这样的语汇。

"牙"字的特殊之处在于它显示了一个不同的造字方向，这个字是在已经拥有了稳定的字义（咀嚼工具）之后，另因字形之别解（旗帜）而产生全新的意思。到了这天晚上，我跟孩子们解释此一有别于寻常的造字原则时说："新的牙好像根本不是从原来的牙洞里长出来的。"

"你有时候会乱打比方。"张宜说。

张容则兴奋地说："我后来找到那颗牙了！原来没有被我吃掉。它掉在床上——只不过后来又被我弄丢了。"

牙

[金文]

牙，牡齿也，象上下相错之形。——《说文解字》

"牙"字的特殊之处在于它显示了一个不同的造字方向，这个字是在已经拥有了稳定的字义（咀嚼工具）之后，另因字形之别解（旗帜）而产生全新的意思。

74

乱

顶上一只象形的手，底下一只象形的手，中间有个"8"字，是"丝"的意思，这个"8"又显然是放在一个工作用的架子（横写的"工"）上，这是可以列入"百工图"的一幅写实之作。这个字和"栾"相通——"栾"字的古文则是上面一根横杠，中间三把丝，作"888"并列，底下正是一只理丝的手（而不是后来讹写的"木"）。

在钟鼎文里面，已经有写法不尽相同的、表述两手理丝的字，它就是后来的到隶书之后才约略定形的"亂（乱）"字。但是金文字形并不统一，它还有一个异体，可以作为隶书"亂"字的直系祖亲，那就是在上下两只理丝的手的右边，又加一个形符，在石鼓文（诅楚文）中写来就像隶书、楷书里乱字的右偏旁——一般我们把这个有点像"L"的形符当作"乙"。今天在一般繁体字字典里，"亂"字就归属于"乙"部。我们应该觉得好奇，为什么在两只手（象征在机械工具的两头面对面的两个人）合作理丝反而有乱的意思？右边这个"乙"发挥了什么作用？学者一般解释这个"乙"是"乱丝"，我跟孩子们解释起这个字来则另有本事。

这一天早饭吃得从容，我随口问张容："你觉得哪个字最难写？"

"'亂'。"张容伸个懒腰说，"不是因为笔画多喔，'亂'的笔画并不多，而是笔画乱，不整齐也不均匀，每一笔都歪歪扭扭的。怪不得叫它'乱'。"

我把这个字的金、石、小篆文分别画给孩子们看，上下各有一手，中间的"8"和横置的"工"既整齐又均匀，一点儿也不乱。这时我问他们："如果没有多出右边这个'L'，你会觉得它'乱'吗？"

"还蛮好看的。"张容说。

"右边这个'L'，有人说这一画是表示乱丝，我却不以为如此——"我神秘兮兮地说，"这个'L'应该是一个人，忽然从旁边冲出来，眼看就要打翻架子，把刚才这两个人整理好的丝完全破坏了。"

《说文》乙部的"亂"字小篆恰然如此——这个后来从右边出现的人（不知道是不是故意的）冲撞过来的势头不小，身体倾侧；也正因为这一笔的加入，原先稳定平衡的字显得歪斜了，甚至显得有些扭曲了。

作乱、变乱、祸乱、离乱、战乱……都从这个意义上释出，不难理解。但是，乱字也有"治"义——又是那个"相反为训"的作用——最早也最著名的例子就是《书经·泰誓》所谓："予（这是周武王的自称）有乱臣十人。"这里的"乱臣"，所指的正是周公旦、召公奭〔shì〕、太公望、散宜生等"能臣"的意思。

在"乱"字的诸般解释里，最"乱"的一个要属"乐曲的终章"谓之"乱"。在古代的赋体之中，每于篇末都有总承全文要旨的一段文字，节奏比之前各个段落都要快，所谓"繁音促节"，似乎是一种总览式的回顾。这异样的快节奏，仿佛忽然冲撞过来的人即将打乱一盘理好的丝——也正是这种与前文的音乐性大异其趣的"乱"，让人倏忽一惊！啊——

回头一看，原来人生匆促！

跟孩子说这个道理，他们当然不懂，我吼叫的是："回头一看——啊！房间太乱！"

[篆书]

予有乱臣十人。——《书经·泰誓》

在"乱"字的诸般解释里，最"乱"的一个要属"乐曲的终章"谓之"乱"。所谓"繁音促节"，似乎是一种总览式的回顾。也正是这种与前文的音乐性大异其趣的"乱"，让人倏忽一惊！

75

疵

孩子们开始大量学成语、用成语的日子已经神不知鬼不觉地降临。有些时候，你会感觉这是一种柔性的语言暴力过程。张宜升上二年级的第二天，一放学就跟她妈说："今天我碰到一个自以为是的女生。"

"那你运气算不坏的了，"我开玩笑地说，"我今天老是干一些自以为错的事。"

"你不要这么自以为是好吗？"

将近四十四年以前，我也是这样的。为了练习"墨守成规"这个成语，我明知故问："吃饺子都要蘸点儿醋吗？"父亲一面把蘸了醋的饺子送进嘴里，一面点着头："蘸了醋味道好啊！"

"这不是很'墨守成规'吗？"我说。

我父亲看一眼小碟儿里的醋，再看一眼我，说："你当然可以不必墨守成规。"说着，便撤去了我面前的饺子。

到了这个阶段，孩子们对于学习单一的字的兴趣反而不如先前强烈，他们喜欢把初学乍练的"四字真言"成套成套地抛出来砸人，大部分的时候不论其正确与否。比方说，当张容不想去某处用餐之际，会高声强调："我可不想去那里大饱口福！"当哥哥想要解释某个纸牌游戏规则的时候，张宜也会说："你不要老是吹毛求疵好不好？"一旦乱用，还得重复好几遍："你这样吹毛求疵，人家还怎么跟你玩下去呢？你这个乱七八糟的吹毛求疵！"

"'疵'是什么意思？"像是忽然逮着了难能可贵的机会，我赶紧问。

哥哥显然看穿我搞"机会教育"的阴谋，说："玩扑克的时候不要讲东讲西的啦，这样很不容易专心。"

我只好锁定目标，指着张宜手臂上的黑痣说："这就是'疵'，皮肤上的黑病。"

"那是痣，不是病。"张宜盯着我的脸巡了两圈，说，"你明明知道那是痣呀，你满脸都是呀。"

张容一面洗着牌，一面不大耐烦地说："那是老人斑好吗？他现在脸上长的都是老人斑了你不知道吗？"

老人斑一定程度上象征着狡猾罢？我做出"既然事有蹊跷，何不一探究竟"的表情："太奇怪了！为什么'疵'这个字里面，竟然会有一个'彼此'的'此'字呢？为什么皮肤上的小黑点儿，要用'此'字来表现呢？"我一面说着，一面指着自己脸上打从离了娘胎起就冒出来的老人斑。

张宜似乎给激起了一点儿兴趣，低头看看自己的手臂，摸摸她脸上长了小黑痣的地方。

"就是因为皮肤上的小黑点儿太小，不容易找到，所以一定要指出它所在的位置，这就是'此'——'在这里'的意思；'吹毛求疵'也是这么来的，长在头发里的小黑点儿本来不容易被人发现，可是你一定要挑刺儿、找麻烦，吹开了头发也要找着，这就是'吹毛求疵'的来历了。"

张容终于忍不住，皱着眉，扭曲着脸，抗议起来："我们现在能玩的时间已经很少了，很不够了，还要讲这么多，你实在很'吹毛求疵'你不知道吗？"

"他的'吹毛求疵'很大颗，是老人斑，不用吹头发就看得见。"张宜很有自信地跟哥哥说。

疵

[篆书]

疵，病也，从疒此声。——《说文解字》

为什么"疵"这个字里面，竟然会有一个"彼此"的"此"字呢？因为皮肤上的小黑点儿太小，不容易找到，所以一定要指出它所在的位置，这就是"此"——"在这里"的意思。"吹毛求疵"也是这么来的。

76

更

无论同什么人提起历史小说家高阳，我总称"我的老师"或"师傅"。他临终前曾经抱怨我从不曾公开给他磕头、行拜师礼，我当时的答复是："给磕头有什么难的？蹭了您的名声我心里过意不去。"

跟孩子们说到这段往事，他们只能以自己在学校里的生活体验来意会，于是自然会出现这样的问题："那他教了你什么？"

"他教了我数不清的东西。"我说。

"他教你写字吗？"张宜问。

我愣了一愣，忽然想起一个字来："是的，他也教我写字。"

高阳曾受诗学于周弃子先生，而周先生浸润吟咏，独得力于宋人家数，命意谋篇，修辞结句，常宗苏、黄；尤其是在诗中转折递进之处，重视我们今天文法学上所谓的"副词"。只不过老辈儿的人不那么分析词性，总把副词、连接词之类通称为"虚字"，弃子先生尝谓："擅用虚字，是宋诗大异于唐人处。"

这个用语上的小讲究，似乎对高阳自己写诗有着莫大的启迪。或许是为了印证弃子先生的看法，他特别在唐人集中留意，倒也找着了不少"擅用虚字"的例子。我忽然想起的那个字，就是这么来的。

刘长卿（一作皇甫冉）有《登润州万岁楼》如此写道："高楼独上思依依，极浦遥山合翠微。江客不堪频北望，塞鸿何事又南飞。垂山古渡寒烟积，瓜步空洲远树稀。闻道王师犹转战，更能谈笑解重围。"

高阳是这么问我的："这个'更'字，作何解？"

"更"，从金文看，是以手执杵击柝（或鼓）之形，那就是打更了，古代夜间报时用此。一更过了又一更，由此而引申为改易、值役、取代甚至交替的意思。作为副词运用，最常见的还可以作"越发"解——"欲穷千里目，更上一层楼"即是。但是在这首诗里，用"越发"之意来解似乎说不通。

高阳说："本来也没什么难处，这叫'实字好认，虚字难说'，到了诗里，'虚字'之妙，就是文字本身说不得，意思却仿佛能够体会。你说最后一句：'更能谈笑解重围'，究竟这'重围'解得了解不了？"

"看上文是解不了。"

"那就是了！'高阳接着说，"所以这'更'字应当作'岂'字解，是个反问的用法。"

"从文字学上看，没有这个道理。"

"这是诗，哪个跟你谈文字学？"高阳带些不屑的意思，接着说，"可是，这一句如果真给改成'岂能谈笑解重围'，语气又太强硬了，反而像是在触那个'王师'的霉头了，刘长卿作意断断乎不致如此。"

我似有所悟，一时间就算有了体会，也还说不明白，高阳接着又说："那么'十四万人齐解甲，更无一个是男儿'，这里的'更'呢？"

这是五代后蜀的花蕊夫人徐氏所作的《口占答宋太祖述亡国诗》，原文如此："君王城上竖降旗，妾在深宫哪得知。十四万人齐解甲，更无一个是男儿。"

"跟刚才那一句一样，作'岂'字解，也说得通罢？"我说。

"不如作'竟'字解。"高阳说，"你要体会：就算字是仓颉造的，意思可不全归他管；用字的人，本来就该发明意思。"

单凭这一个"更"字，以及"凭诗化字"的门道，以高阳为师，我是终身受用了。

更

[金文]

闻道王师犹转战，更能谈笑解重围。——刘长卿（一作皇甫冉）
《登润州万岁楼》

"更"，从金文看，是以手执杵击柝（或鼓）之形，那就是打
更了，古代夜间报时用此。一更过了又一更，由此而引申为改
易、值役、取代甚至交替的意思。

77

绪

老师给出了个作文题目："情绪温度计"。希望孩子们能根据日常经历，察觉生活中种种情感刺激的反应。就作文命题而言，温度计是个有趣的比喻；老师的用意很清楚：我们得面对自我感觉里种种高低起落的情态。

"我不要写温度计，"张容很坚决地说，"我要写小精灵，把每一种情绪写成一种小精灵。"

其中两段是这么写的：

最常来找我的小精灵叫无聊。每当我不知道该做什么的时候，它就会出现。它的表情既不高兴，也不忧伤，更没有愤怒，而是对什么事都没了兴趣，这种感觉真令人烦恼。

无聊小精灵最怕好奇小精灵——好奇小精灵随身带着一大堆问号，动不动就会说："是怎么一回事呢？""后来怎样了呢？""究竟为什么呢？""会发生什么结果呢？"这些问题一旦跑出来，就会让无聊小精灵迷路，然后就消失了。

"情绪的'绪'是一个什么样的字呢？"我等他阖上作文本，情绪高昂地准备大玩一场的时候忽然偷袭了两个问题："为什么要用'绪'字来形容我们的情感状态呢？"

"绪"字的声符"者"本来就是一个复杂多歧解的符号，有说是"黍"的，有说是"蔗"根之下加一个"甘"字的，证之以不同鼎彝之器上的铭文，大约就是表示"诸多""众多"之义。作为"绪"字中兼有意义的声符，"者"字的上半截成纷歧样貌的枝权也常被学者解释成一茧丝的许多个端。在这个理解的基础上说"情绪"，充满不尽可知的况味。一方面，所谓"情绪"，有一种"尚需细腻辨认""有待分别析理"的意思；另一方面，经由辨认、析理之后，显然该会有进一步的解释才对——所以说，"情绪"看来是处在一种"未完成的状态"。但是——

"不同的情绪会同时发生吗？"我追问下去，"你会既兴奋，又忧愁吗？"

"不会。"张容斩钉截铁地说。而对于这种抽象的问题，张容显然不如张宜有兴趣，张宜立刻带着些卖弄的神情说："可是如果看到坏人的话，我会既害怕，又生气。还有参加钢琴比赛的话，我会既紧张，又兴奋。"

"你就是既炫耀，又炫耀！"张容气鼓鼓地说，看似受到"忌妒小精灵"的影响了。

　　然而，我们继续这样推敲字义的时候，会赫然发现：一如其他许多"相反为训"的字——比方说："乱"正同于"治"一样，"其臭如兰"正同于"其香如兰"一样，"徂"既是"往""死"又是"留""存"……"绪"这个剪不断、理还乱的心情端倪，正一如与它自己的读音相同的"序"和"续"一样，又有着"次第"以及"剩余"的含义。《庄子·山木》篇不是有这样一小段话吗："食不敢先尝，必取其绪。"（吃的时候不敢抢先，必定是吃剩余之物。）

　　"端绪""头绪"是居先的、未经整理的，而"余绪""遗绪"则是居末的、残剩的。别以为这个字在两头儿之外的中间不占地位，倘若是用在《史记·卷九十六·张丞相列传》里："张苍为计相时，绪正律历。"此处的绪，又是"寻绎""推求""检核"的意思了。

　　"一个字，从头到尾带中间，全归它管，厉害吧？"我说。

　　"什么字？"张宜原来根本不知道我们说的是一个字。

情绪温度计
张容

　　每个人的身体里都有很多情绪小精灵，每一只小精灵都有自己的个性。像兴奋小精灵就是一只碰到任何事都会过度兴奋的小家伙，沮丧小精灵却恰恰相反，总是钻牛角尖、不开心。愤怒小精灵经常控制不住自己，它会使心跳加速、血液倒流、眼球突出。

　　至于惧怕小精灵总爱指挥全身的鸡皮疙瘩起立，牙齿打战。忌妒小精灵最没有言心，老是觉得自己不如别人，甚至还会因此而讨厌别人，所以时时不快乐。

　　最常来找我的小精灵叫无聊。每当我不知道该做什么的时候，它就会出现。它的表情既不高兴，也不忧伤，更没有愤怒，而是对什么事都没了兴趣，这种感觉真令人烦恼。

　　无聊小精灵最怕好奇小精灵——好奇小精灵随身带着一大堆问号，动不动就会说："是怎么一回事呢？""后来怎样了呢？""究竟为什么呢？""会发生什么结果呢？"这些问题一旦跑出来，就会让无聊小精灵迷路，然后就消失了。

　　不论情绪小精灵是好是坏、是高是低、是起是落，总是轮着陪伴我。我要学着跟它们相处。

緒

[篆书]

食不敢先尝，必取其绪。——《庄子·山木》

"情绪"是处在一种"未完成的状态"。我们得面对自我感觉里种种高低起落的情态。

78

讳

　　我们是东道主，得主持一个接待远客的宴会，由于明知我和孩子们会提早一个小时到场，那会是相当无聊的一段时间，我于是让他们准备了课外书。张容带了一本《德国寻宝记》，张宜带了一本《小公主》，我也往背包里塞了一本三十年前的《今日世界》杂志。傍晚大塞车，众宾客来得比预期还迟，在餐厅的包厢里，我们享受了将近两个小时图书馆般的宁静。

　　张宜忽然把书放下，摇着头说："这本书里的语词重复太多了，太多了！多得不像话。"

　　"不要太夸张了罢？"

　　"真的啊！你看——"她指着一个词"去世"说，"书里面撒拉的妈妈死了，后来爸爸也死了，不管谁死了，都说是'去世'，而且一直'去世'，一直'去世'，难道没有别的话可以说了吗？"

　　我说："那么你认为该怎么说呢？"

她想了想，说："挂了！"

我说，还有呢？方言里有说"老了"的，那就是指死；有说"不在了"的，也是指死；"过身""过世""逝世""归道山"都是指死。甚至"不讳"，原来都是因为讳言一死的缘故而出现的语词，还是指死。

近些年从佛教团体那里传扬出来一个词，叫"往生"。"往生"——就好像"愿景"一样——是那种我怎么也说不出口的词儿，这种词儿很新、很生，新而生得有点带假，说时叫人口涩。如果真要讲究来历，则"往生"一词，在净土宗里应该是指具足信、愿、行，一心念佛，与阿弥陀佛的愿力相互感应，死后才能往西方净土，化生于莲花之中。老实说，要"往生"，还有很高的门槛儿的，并不那么便宜。可我们任谁都不免会有这样一段记忆：某女士哭红了双眼跟我们说："我家的小狗，小狗——昨天往生了！"

"讳"的本意原本是"不言"，不言什么呢？当然是人生最不能面对的结局。"讳（諱）"字从言、从韦；"韦（韋）"不只是此字的读音，也兼有否定的意义。它最初是指"熟治皮革，去毛而柔化"的过程。仔细看"韋"这个字，它也是个形声字，以中间的"口"（音"围"）作声符，上下两端的形符则象征着相对施力——这两个形符如果变换成左右并置的写法，就是"舛"（读若"喘"），衍生出"相互背反"的意思。背反、否定、违逆——"不"！"死"真是不好说，非但要"讳言"其事，就连不得不说的时候，往往还得再加上一个不字，居然变成了"不讳"。

当年韩愈鼓励李贺考进士，畏忌这位年轻诗家出人头地的人便借由避讳的讲究来诋毁李贺，认为李贺的父亲名叫"李晋肃"，做儿子的就不该举"进士"。韩愈为此写了一篇笔锋犀利、辞气淋漓的短文，叫《讳辩》，有"父名晋肃，子不得举进士；若父名仁，则子不得为人乎？"之语，劲拔奇警，读之令人拍案！

究其实而言，"讳"既是"不言"，"不讳"自然就是直言了。对于"不讳"这个词，我还是独钟"直言"之义。人生一切若能豁然开朗，敞亮向人，那是幸福的。然而我们不但遇事多所畏蒽〔xǐ〕，也经常在思想的时候，有意无意地钻进许多语言的角落，寻求字面的庇荫，以免情感受到创伤，反而增生罣〔ɡuà〕碍。

"有那么多词亲形容死，你觉得哪一个词形容得最贴切？"我问张宜。

她说："还是'挂了'！"说时翻了一下白眼。

諱讳

[草书]

父名晋肃，子不得举进士；若父名仁，则子不得为人乎？——韩愈《讳辩》

"讳"的本意原本是"不言"，不言什么呢？当然是人生最不能面对的结局。"讳"既是"不言"，"不讳"自然就是直言了。对于"不讳"这个词，我还是独钟"直言"之义。人生一切若能豁然开朗，敞亮向人，那是幸福的。

反

张容和他班上的同学组成的纸上国家发生了动乱。陈弈安基于抗税的理由宣布脱离母国，另外手绘了一幅世界地图，并且在原先的国土之外添加了一块同属虚构的土地，自立为新国总统，还带走了原先的陆军总司令翁睿廷——条件是不必缴税。这场动乱的结果令大家都很高兴，因为原先愿意纳税的国民不会处于相对不公平的社会之中，而新成立的国家也宣布：不会对母国发动任何不义的攻击。身为母国的"民选总统"，张容觉得这真是得意的一天，竟然不停地哼唱着歌曲。

"你们三个不是好朋友吗？为什么你会觉得陈弈安和翁睿廷离开你的国家是件好事？"

"好朋友不一定要是同一国的。"张容说。

"他们这是造反呀！你不觉得应该镇压一下吗？有人造反，你干总统的不管，假如大家都造反了怎么办？"

"那我就更轻松了。"

反，在中国人安于现实的常情里，不是什么好字，给人的第一印象是翻转、叛违、背离甚至怪悖。这个指事字以右边的"又"（即"手"）为基础，而左边的"厂"则表述了手的状态，是一种"翻翻"的状貌，也就是说，这是一只翻覆反转的手，翻云覆雨手。

讲究的文字学者还会纠正我们，"反"字的第一笔"一"，是横画，不可以写成斜画——参考金文、小篆可以得知，"厂"的确都写成了九十度，规矩得像个三角板上的直角。倘或如此，那么"翻翻"之义又是怎么从那直角里生出来的呢？这个疑点很明显，归纳此字部首于"厂"部，可能只是因为字形同化而然，但是究其原委，可能还得寻绎甲骨文的痕迹。

在更早出现的甲骨文里，"反"字左边的两笔呈现的是大约一百五十度的钝角，比直角要大得多，看似是被右边那只手折得稍微弯曲的一根树枝。那么，请容我跟文字学家的惯解唱个反调：这个字原来是用手将"丨"（读若"滚"）折回的意思。易言之，"反"的本意不是手的翻翻，而是要用手去翻转那原本向上生长的（植物），使其"归于本"。所以《礼记·乐记》上有这样的话："反情以和其志。"注曰："反，犹本也。"这里甚至已经直指"反"字即是"本"字。而"反"字在《左传》《国语》《史记》之中也都有"还""回复""回报"的意思。试看，强加人力于向上生长之物，使之反于本，的确有违乎自然的物性，这才衍生出叛违、背离甚至怪悖等意义来的。有趣的是，"造反"——一个看来是违逆其本国国家意志的语词，居然是从一个回返于本的意象上演化出来的。

在"总统"应不立该放任人民造反这个话题结束了几个小时之后，张容上完例行的钢琴课，看起来的确更轻松了，仍旧愉快地哼唱着歌曲。

"他今天怪怪的。"张宜说。

"他的'国家'分裂了，可是大家反而变成更不容易吵架的朋友了。"我说，"这难道不令人高兴吗？"

"我觉得他是过度兴奋。"

"别忘了，你兴奋起来也是这个样子的。"

"不不不，我跟他都相反。"张宜说，"我总是刻意保持低调的。"

反反

[甲骨文]

反情以和其志。——《礼记·乐记》

"反"的本意不是手的翻翻，而是要用手去翻转那原本向上生长的（植物），使其"归于本"。强加人力于向上生长之物，使之反于本，的确有违乎自然的物性，这才衍生出叛逆、背离甚至怪悖等意义来的。

80

懒诗

王维有一首《辋川闲居赠裴秀才迪》："寒山转苍翠，秋水日潺湲。倚仗柴门外，临风听暮蝉。渡头余落日，墟里上孤烟。复值接舆醉，狂歌五柳前。"收录在后世许多的选本当中，堪称唐诗的典例。其中一个选本，是孩子四年级的语文补充教材。张容跟我说："这一首要背，可是我背不起来。""你不是什么都能背的吗？"我问。

"这一首就是背不起来。"他皱眉，扭曲着身子，像个在擀面板上自转的麻花，这是孩子极其不愿意面对现实的一种表现。

"这是一首懒人来找懒人，准备一起吃晚饭的诗。"我说。

麻花儿忽然间挺直了，站成一根油条——张容瞪直了眼："真的吗？"

正是适合讲讲王维的季节。这岛上初冬乍到，一时寒意随雨侵窗，我终于能和孩子说说诗了。那就从"接舆"讲起罢。

"先看'接舆',"我指诗里最麻烦的一个词,"这是一个人的'字',算是一个人的第二个名字。这人姓陆——跟你干爹一样。"

陆通,字接舆,大概是公元前五百年楚昭王时候的人。当时由于政治纷乱,君令无常,接舆不肯当官,便披散了头发,假装发疯,躲避朝廷的征召。正由于此人明明是个做官的阶级出身,却不肯当官,在当时成了件稀罕的事,于是人们称他"楚狂"。

接着我的手指指向"五柳":"这是另一个人,大概是接舆之后九百年左右了,他叫陶渊明,只做了八十一天的官,就受不了了,也隐居起来。"

"为什么他们都不喜欢做官?"

"我想是懒。"我知道这答案给得很懒,但是,我希望张容记得这懒——将来他要是能体会了这懒字的好处,大体上应该是一个愉快的人。

"接舆比五柳早了九百年,可是,王维在写给裴迪的诗里却说,接舆喝醉了跑来五柳面前唱歌,这是怎么回事?"我的手指在这首五律的末一联上移动。

"人不可能活九百年,世界上最老的动物是明蛤,比大海龟还老,可以活四百年,从明朝活到现在还活着。"他刚从《小牛顿》上学来的,已经向我卖弄过一次了。

"所以'接舆'喝醉了来找'五柳'是个比喻,是谁和谁的比喻呢?"我问。

张容大概明白了,说:"是王维和裴迪。"

是的。在秋天，山居已经觉得出寒意，大片的林叶因暮色而显现深暗的层次，山溪的流动之所以清晰，也是因为四下已经渐趋寂静，只剩下几声蝉鸣。王维拄着拐杖，来到柴门外，等待他的老朋友裴迪过访，即目之处有落日，而放眼辋川，这时也只有一户人家升起了袅袅的炊烟——是王维自己的家吗？我们并不知道。

　　"他为什么要走到柴门外来等裴迪呢？外面不是很冷吗？"我问。

　　"因为裴迪迟到了。"

　　"是的，裴迪为什么迟到了呢？"

　　孩子摇摇头。

　　"我想是裴迪自己先喝了点酒，醉了。"

　　张容再读了两遍，会背了。离开我的书房之后，我听见他跟妈妈说："唉！又被他洗脑了！"

懒

懒

[篆书]

懒，懈也，怠也。一曰卧也，从女赖声。——《说文解字》

我希望张容记得这懒——将来他要是能体会了这懒字的好
处，大体上应该是一个愉快的人。

81

剩

一定有什么哲学上的解释能够说明，中国老古人把"多余的"和"仅有的"两个全然不同甚至有些相对的意义概念却用了同一个字来表达。我问张容："我的袋子里剩下一个包子，是表示我不要再吃这个包子了，还是我只有一个包子可以吃？"

张宜趁张容还没答话的时候抢着说："我要吃。"

张容想了想，说："是你不要吃了——咦？不对，是你只有一个可以吃了——也不对，是你……"他迷惑了，忽然笑起来。不能解答的问题总令他觉得可笑。他暂且不回答，越想越迷糊，越笑越开心。

张宜接着问："包子在哪里？"

那一天我始终没能回答这个我自己提出的问题。字典、辞书除了罗列出字的用法、惯例、一般性的解释之外，当然不可能告诉我们：同一个字为什么兼备相反之义？

从字形上看，"剩"字还可以写作"賸"，《说文》归入"貝"部，以为是"物相增加"的意思。清代的段玉裁在注解这个字的时候也提出："今义训为赘疣，与古义小异，而实古义之引申也。"从增加变成赘疣，的确可以算是一种引申。

另外一个说法就更迂曲了，秦始皇二十六年定"朕"这个字为"天子自称"，说是天子富甲四海，财货充足，所以"賸"字是以"朕"作为声符的。可是，在秦以前，朕这个字没有什么尊卑之分，舜、禹如此自称，屈原也如此自称，它就是"我"的意思。朕的原意是指细小的缝隙，引申为事物之征兆，应该是基于同音字相假借才使"朕"成为"我"的代称。

然而，回头看"剩"这个字，除了"多余"的意思之外，它还有"阉割"的后起之义。北魏时代的贾思勰写《齐民要术·养羊》就有这么一段话："拟供厨者，宜剩之。"这里的"剩"，是个残忍的动词。贾思勰甚至还说明了"剩法"，肉用的小羊初生十多天的时候，以布裹齿（象牙或其他坚硬的梳状工具）犁碎小羊的睾丸。这个字有"騬"这个异形，可见骟马也可用此字。

如果说也是因为同音相假借而使得"阉割"之义利用了这个字形，那么，从"剩法"来解释"剩"字是很清楚的——形符是把刀，声符"乘"也表达了一定的意义——《国语·晋语九》："驾而乘材，两鞁（音'贝'，马具）皆绝。"这里的"乘"就是"碾压"的意思。

肉用羊欲其生得肥大，割掉的东西是用不着，甚至妨碍所需的。可是，我原先的问题还在："多余的""不要的""需割除的"为什么也是"仅有的"？

> 彩袖殷勤捧玉钟，当年拚却醉颜红。舞低杨柳楼心月，歌尽桃花扇底风。从别后，忆相逢，几回魂梦与君同？今宵剩把银釭照，犹恐相逢是梦中。

这是宋代词人晏几道的一阕《鹧鸪天》，说的是久别重逢之情，"今宵剩把银釭照"，这里的"剩"，是"更"的意思，既有"非分"之义，又有"仅得"之义。显然，相互对反、相互排斥的意思在诗人懊恼又欣喜的情味中得到统一，我们模模糊糊地感受到这一次见面是不意而得之，多余的，恐怕也是仅有的。

我不觉念出声来："今宵剩把银釭照，犹恐相逢是梦中。"

张容说："他又在仄仄平平仄仄平了。"

张宜说："他根本没有包子！"

剩

[篆书]

今宵剩把银钉照，犹恐相逢是梦中。——晏几道《鹧鸪天》

中国老古人把"多余的"和"仅有的"两个全然不同甚至有些相对的意义概念却用了同一个字来表达，这就是"剩"。

82

收

　　"收"是张容和张宜最不喜欢的字之一。这个偏见是因为他们从小讨厌"收玩具","收"字意味着欢乐遭追缴，自由受剥夺，愉快的时光即将被迫结束。此外，我得坦白招认：面对孩子的顽皮无计可施的时候，我仍然会出以恫吓之语："小心我要收拾人了！"这句话通常有效——也无须讳言，我是从我妈那儿学来的。

　　若是从文字发展历程上看，"收"之不算个什么好字，是有来历的。

　　"收"是形声兼会意字，左边的声符兼具意义，今音读若"纠"，纠缠缭绕也。右边的形符"攴"*，每解作以手持棍，与"丩"字相比合，就成了"捕取"之意。在古代的经籍之中，作为"拘捕""拘监"之意的"收"字可以说俯拾即是，《诗经·大雅·瞻

---

* 今写作"攵"。——编者注

卬》：“此宜无罪，女反收之。”

以绳索缠缭捆缚引申为逮捕，甚至衍义为掩埋。《左传·僖公三十二年》蹇叔哭师的一段就有这样的话，蹇叔对儿子说：“（尔）必死是间，余收尔骨焉！”所以后来的韩愈在那首著名的《左迁至蓝关示侄孙湘》就有这两句：“知汝远来应有意，好收吾骨瘴江边。”

然而，一旦到了诗里，“收”字逐渐有了益发扩充、转折的意思而变化了——而且出人意表地变得美了！

张梦机先生写诗常令“收”字响动。我每每翻读他的诗集，总觉得这个字跟苏东坡和梦机的老师李渔叔有些直承的关系。随手撷拾二例：东坡有三首“折腰体”，其中一首《中秋作》是这样写的：“暮云收尽溢清寒，银汉无声转玉盘。此生此夜不长好，明月明年何处看。”而梦机在《宿燕子湖作——距东坡泛舟赤壁之夕九百年》则用了下面这样的句子：“残虹收尽千嶂雨，凉飔吹作一湖秋。”

李渔叔有句如此：“夜瓢细酌千家碧，晓镜平收一屿青。”而梦机的《郊居》则是这么写的：“林坰花筑屋庐好，诗卷平收山色青。”

梦机诗中每触字及“收”，也都斑斓妩媚——如《遐想》：“新收蕉叶堪遮雨，旧拾榆钱好购春。”《无题》：“十五年来一惆怅，惟收红豆种相思。”《次韵再寄戎庵诗老》：“欲收山色归黄卷，默听江声换白头。”《观〈大陆寻奇〉感作》：“洱海平收秋后雨，秦山凉宿夜来云。"《书近况寄诸故人》："十年诗卷收花气,一幅帘波卷树声。"《孟冬述事》："饮涧长虹收晚雨,持杯醲茗洗吟肠。"《记芦沟桥》："树影烟光入画收,北京西去是芦沟。"至于梦机的近作《五绝三首》之中,就有两首妙用了此字:"月星收一瓮,酿作夜班斓。望日如闿晦,持其代玉盘。""檐鸦衔初阳,朔风摇庭草。诗意纷沓来,收之入孤抱。"

诗里面的"收",常带些从容不迫的兴味,轻盈摄入,舒卷自如,所收之物好像并没有真的被什么人占有,却又好像十分完整地被接纳、容蓄起来。不知不觉地,在我自己的诗里,"收"字也逐渐多了起来。如《阵风五首之三》:"窗收十里青青树,未及罗裳一叶身。"《七古·石沪》:"连心盟海收天涯,崖苍水碧鳞光驰。"《夜吟伴读》:"五十之年昏坎目,自收凉月照天真。"

直到今天,我还没有告诉张容和张宜这一句:"俟云收兮雨歇"——它出自王维的《送神》:"纷进舞兮堂前。目眷眷兮琼筵。来不言兮意不传。作暮雨兮愁空山。悲急管兮思繁弦。神之驾兮俨欲旋。俟云收兮雨歇。山青青兮水潺湲。"这里的"收"当然要解释成"散"——云散去了。"收"字在这儿完全对反了它的本义。

但是面对着已经散落一地、无法收拾的玩具,此字之别义可是再也不能教给这两个小家伙的了!

收

[篆书]

林埛花筑屋庐好，诗卷平收山色青。——张梦机《郊居》

诗歌里面的"收"字，常带些从容不迫的兴味，轻盈摄入，舒卷自如，所收之物好像并没有真的被什么人占有，却又好像十分完整地被接纳、容蓄起来。

83

菁

张宜还不能认字的时候，看见一家子里另外的三口人手上都捧着书本，应该是有些不安的。一旦手捧书本的人一头栽进书里去了，也没有人能记得她还给闪在外边。所以张宜自行"兑付"出一种能力——抓起一本随便什么书，大声念着自己随口编成的故事。

在这种时候，张容总是嫌她吵，兄妹往往因此而拌起嘴来。久而久之，当张宜宣布她要"讲一个故事"的时候，张容一定会捂起耳朵，叹一口大气，并且偷听。

以下是一个森林里的小兔子迷了路，误闯人类的小学的故事。

小兔子走着走着，走进人类的小学教室。在这间教室里，正好有个小朋友生病请假，小兔子就坐在那位小朋友的位子上，跟着大家一起上课。过了不久，下课钟响了，所有的同学都跑出去玩；小兔子却一动也不动，因为它听不懂人类小学的钟声有什么意思。又过了不多久，上课钟又响了，同学们都进来了，小兔子还是不明白大家这一次匆匆忙忙跑进来做什么。可是，再上了一阵子课以后，小兔子忽然觉得尿很急，就在位子上尿了。老师连忙说："小兔子小兔子，你怎么在教室里尿尿呢？刚才下课为什么不去上厕所呀？"小兔子说："我不知道什么是下课呀？"老师说："打钟就是下课呀，你没有听到打钟吗？"小兔子说："在森林里的动物小学没有打钟这种东西呀！"老师生气地说："那也不可以在教室里尿尿呀！"小兔子回答说："森林里的小动物都是在教室里尿的——整个森林都是我们的教室呀！"小兔子一面说，一面尿得更大声了。

这是令张容第一次发出笑声来的故事，他不但笑了，还赞赏了一句："这个故事还蛮好听的。"

"你知道它为什么好听吗？"我问。

"小兔子尿尿在教室里很好笑。"

"不，"我说，"是'结构'使得尿尿好笑。你看，故事里的钟声、进进出出的小朋友，以及森林小学所没有的东西……这些都是故事里不断重复的元素，是'重复'让故事产生了趣味——"

"構（构）"这个字是个形声兼会意字，声符"冓"在甲骨文、金文和小篆里都有，方笔圆笔不一，但是上下以及左右的结构皆显示出一种均衡的美感。《说文》将这个初文解作"交积材"（将许多木材纵横架合起来），原本是"积架木材"这个意义的动词，后来在使用上演化出"房舍"的意思，而本字（冓）于是被假借义所专，只好另加形符（木），以表本义。

"冓"这个声符还有另一个"大数"的意思。在一九三一年"教育部"的通令之下，此一字义被"禁止使用"——可见"教育部"干涉了许多不该干涉的事，而这种坏习惯显然非自今日始——不然的话，我们今天"十百千万亿兆"之上，还有"京垓秭穰冓涧正载……"这许多"大数"之字。其中，"兆"以上的许多个字，有十进制之说，也有万进位之说，甚至还有亿进位之说。

被赋以大数之字，可见"交积"——也就是"交织"与"增多"——是一组彼此不可须臾离的共生概念。就连另一个累增字"講（讲）"亦复如此。"講"也是一个声符具备意义的字，最初用以表示"折冲""调解""说和"，显然与"媾"相通。古往今来的调停、谋和，恐怕非得要再三累积不能竟其功，果然是数之不尽、艰难万分的——要"講"到天文数字那样多次，也未必能不打闹——你看这对兄妹就明白了。

冓

［篆书］

冓，交积材也，象对交之形。——《说文解字》

小兔子尿尿在教室里很好笑。

不，是"结构"使得尿尿好笑。你看，这些都是故事里不断重复的元素，是"重复"让故事产生了趣味。

84

酋

　　"酉"字的甲骨文无须深识，一眼看上去就知道，是个平口细颈宽肩圆腹、还带一个尖锥底儿的器皿，原意则是指器皿中盛装的"酒"。大约还是基于文字的假借作用，"酉"把字形借作地支的第十位去用了，本字只得另外加上一个水字偏旁以表示原来的意义。

　　无论是甲骨文、金文或小篆，在"酉"这个初文字符上方加两撇或三撇，呈冒汽状，便是一个"酋"字。这个字的意思就多了，有说是代表"西方"，有说是代表"魁帅"，有说是代表"过熟而有毒的酒"，也有再引申"过熟"而成其为"终"的意义——也就是最后、末了的意思，与"就""成就"同义。

　　这个酒壶之字接下来的发展就更复杂了，老古人可不管原先作为"酒器"之字的"酉"字顶上根本不曾冒汽儿，也不介意冒着汽儿的酒极可能是毒酒，后来只要是碰上与祭祀、款待宾客有关的活动器物，都把那两撇"酒气"给带上，于是，底下添画上两只手（尔后简化成一只手）的"尊"字也出现了。这个字，总意味着地位高、辈分长，表看重、推敬、崇礼、贵显之意，据说是和先前所说的"祭祀"这个活动的概念有关——祭有酒，奉饮之时必有礼节、法度。

去秋我在岭南大学授课，暇时偕好友过青山古寺，见山门背面有一联："遵海而南，杯渡情依中国土／高山仰止，韩公名重异邦人"。下联的"韩公"指的是韩愈，传说他来过屯门，此事于史本无确证。不过，上联的杯渡和尚却真是将近一千六百年前南来弘法的高僧，据云此僧随行携一巨杯，每当遇到须要渡河的情境，便藏身于杯中，以避波涛。

这个没有情节的"段子"很有一点儿象征性的传奇况味。我在高中时代初次读到这个故事的时候，还没有修习过声韵学，不知道"杯"与"悲"古音根本不同部。于是我曾经毫无根据地想象："杯"会不会是"悲"的转喻？佛家不是常常强调"无缘大慈，同体大悲"吗？这随身带着一个木制巨杯的怪异和尚，或则即是"身负大悲宏愿"者的一个譬喻？这当然是望文生义——而我自以为是了好几年。

至于上联的"遵海而南"一语，出自《孟子·梁惠王下》："吾欲观于转附、朝儛〔wǔ〕，遵海而南，放于琅琊。"这里的"转附""朝儛""琅琊"，在今天叫"芝罘〔fú〕岛""成山角"和"琅琊山"，都是山东沿海的山名。原文里的"吾"是齐景公，这是齐景公为了仿效古代帝王从事长途壮游而征询于宰相晏子的一段话，"遵海而南"一词就是指"沿着海岸向南方一直行去"的意思。

我把这副对联解释给张容听，告诉他，遵守规矩做人行事，就不会犯错受罚，就好比"遵海"的意思是循着海岸线一直走，自然不会掉到海里去。

张容听了，点点头，说："喔。"

"你不觉得从'酒杯'到'依循'，这中间的意思差得很远吗？"

他想了想，又点点头，可是随即又皱起了眉毛，说："可是还不够奇怪。"

"什么叫'不够奇怪'？"

"一个和尚随身带一个大杯子走来走去才奇怪。"

"我却觉得杯渡和尚整个人恐怕就是这一个'遵'字的化身，"我说，"越想越有道理，这一点儿都不奇怪。"

"不是我说你，你的问题就是想太多。"

遵

[篆书]

遵四时以叹逝，瞻万物而思纷。——陆机《文赋》

遵守规矩做人行事，就不会犯错受罚，就好比"遵海"的意思是循着海岸线一直走，自然不会掉到海里去。

85

玉

　　"玉"字原本有一点，可是一旦成了部首之后，那一点为什么不见了？

　　原本是个非常简单的问题，张容在课堂上问他的老师。老师知道我平时总喜欢把弄一些文字探勘揣摩，于是故意不直接答他，让他回家"问爸爸"，并且得在第二天的课堂上向全班同学提出口头报告。以下所写的四段文字，就是我的作业。

　　甲骨文"玉"字像个上出头、下出尾的"王"，与今天我们写的"丰"字差似，唯第一横画比较平齐。到了金文和小篆，"玉"字上下不出头了，还是写成"王"，像是笔画均匀齐整的几何图形。文字学家告诉我们，这是因为古人佩玉，大多不止佩一块，这样写，正是佩挂了一串玉石的侧视图，造字的原则是象形。

至于"王"字，原先在甲骨文中，明明是一个人站立在一横画上，强调他的地位。直到金文出现，我们才发现这高高在上的人也被简化成三横一竖了。

三条横画还有旁的意思：从老古人的宇宙观来看，这三画象征的是"天地人"。用一根竖画"丨"通达天地人三者，谓之"上下通"，以成就"王"的职掌和威权。这么一来，原本字形中不加点的"玉"字和"以丨贯三"的"王"字就没有区别了。有的文字学家提醒我们，在部分金文和石鼓文里，王字的三画并不是均匀排列的，中间的一横比较贴近顶上的一横，这象征作为王的人要"法天"——向天提升，向天学习。这样不就把两个字的字形区别开来了吗？

可惜的是，用字的人不会像解字的人一样想那么多，用字的人所要解决的问题是以最简单的手法区别两个或多个形体过于接近的字。于是，"玉"字旁边加上了点。举例来说，在古陶器文字里，我们会看见左右各加写一撇的"玉"，有的加在下方的两横之间，也有的加在上方的两横之间。到了汉代的隶书以后，这个点时而只加在右上角或者右下角，便成为后来我们常见的"玉"字了。

我写到这里，把上面这四段文字向张容解释了一遍。他不怎么耐烦地反问道："可是我的问题只是，为什么'玉'做了部首以后，那一点就不见了？"

"你看，当了部首以后，'水'字成了三点水，少了一笔；'心'字成了竖心旁，也少了一笔；'辵'〔chuò〕字成了走之，少了四笔；左'阜'右'邑'简化成耳朵边，各少了四五笔，这是字形简化的结果。"

"你是说我们写的字是简体字吗？"

就在这一刹那，我吞回了原先想说的话——"我们写的是正体字，不是简体字。"并且仔细想了半天。

张容的问题里，有他自己意想不到的深度。我重复了一遍那问题之后，给了一个连我自己都有点儿意外的答案："'我们写的字是简体字吗？'——是的，我们写的正体字里有很多已经是简体了。"

打从方块字创制以来的几千年间，文字的简化从来没有停止过。我们写的字总在书写工具的革新与书写方法的刺激之下，微妙地、缓慢地改变所谓的"正体"。无论是为了避讳、便利、区别，或者强调其意义或声音的属性，甚至往往只是因为错讹，文字时而繁化、时而简化，每每有社会性的"群择"——这是文字的演化学。

"那我应该怎么报告呢？"张容皱眉头，依旧十分苦恼。

"说简单一点罢！"我说，"就说玉的那一点不见了，是文字简化的轨迹好了。"

"什么轨迹？"他的眉头皱得更深了。

附

成功

四年孝班　张容　指导老师　李慎源

成功，有的时候也许不是努力追求而得到的。

当我还在读幼儿园的时候，只会玩模型小汽车，并不知道世界上还有很多种益智型的游戏和玩具。忽然有一天，妈妈心血来潮，帮全家报名参加一项由台北市立美术馆举办的"乐高积木大赛"，主题是"我的美丽家园"。爸爸还邀请了干哥哥陆宽跟我们一起去，那时的妹妹还躺在娃娃车里，应该算是最年轻的比赛选手。

参加比赛是以家庭为单位，每一家都很认真。有的会先把零件分类、整理、区别颜色和形状，也有的人一开始就盖了一座很大的城堡，也有的人走来走去、到处观察别人的作品。只有我们一家说说唱唱，玩玩闹闹，盖了一栋又小、颜色又凌乱的透天厝；不过，我们盖的小屋有一个别人没有的游泳池，上下楼梯也很像我们真正的家。

我们都不觉得自己的作品会得到什么名次，所以在揭晓的时候，爸爸已经开始在拆屋顶了。没想到，当主持人从入选佳作开始向前宣布名次的那一刻，忽然听到扩音器里宣布了："第一名——第——十——组——"第十组正是并没有努力追求成功的我们——我们只是比别人还要认真地玩。

成功，有时来得真是意外。

2009 年 2 月 22 日

玉

丰

[甲骨文]

玉，石之美，有五德。——《说文解字》

甲骨文"玉"字像个上出头、下出尾的"王"。这是因为古人佩玉，大多不止佩一块，这样写，正是佩挂了一串玉石的侧视图，造字的原则是象形。

86

戛

我相信"纵贯线"Super Band 的威力强大，影响可观，说不定就从这一首《亡命之徒》开始……

我的部落格来了位网友，问我："该选哪家出版社、哪个版本的词典才好？"我的答复是，字典并没有适用于一般人的版本，因为没有所谓的一般人。会查字典而感到不能满足的时候，就去换一本较大、较厚的字典。

以现况来说，会用到字典大多基于特定的目的。出版社的编辑桌上会放一本，以便查找连作者都会混淆的用字。我的一个编辑在多年前打电话纠正过我："麻烦你以后写稿注意一下，'裡（里）面'的'裡'的部首'衣'字要放在左边，不要拆开来写在上下两边。"为了便于我记得，她还特别嘱咐我："衣服要放旁边哟，不要顶头上哟！"我问她为什么，她的答复是："裡"字是正写，"裏"字是俗写。我还要争辩，她却说："你可以去查字典——我桌上就有一本，我已经查过了。"她话里的意思多少是想替我省点事。

近三十年过去，我从没想到过自已也该查一查。虽然我已经在大学里教写散文，讲到修辞的方法，不时还得动用文字学的见解，但凡碰上了"里"字，我一律写成"衣服放旁边"。近年来我也在报纸上写些教孩子认字的专栏，出版了《认得几个字》的书，每逢这个字，依样写了，从来不曾亲手查找过字典。日后改用电脑，写"裡面""裡头""屋裡""车裡"……连自用的输入接口选字都会打出这个"衣服放旁边"的"裡"字。

直到回答这网友问题的时候，我才翻了翻正中书局出版的《形音义综合大字典》，发现字典所言与那编辑所言正好相反："裏"才是正字，"裡"却是俗体字。再跟孩子们说解这字的时候，我想我应该会如此说："上衣下裳，本来就该穿在身上，放旁边儿干吗？"

话说另一头，"纵贯线"Super Band 是一个非常棒的天团，计划只成军一年，从台北出发，巡回全中国之后再回到台北。据说这个团的第一首歌《亡命之徒》是四位成员联手创作的，其中李宗盛自作词的一段里出现了"曳然而止"的字样，乍听之下，以为"曳然"是个新词儿，作"牵引貌""飘摇或超越的情态"，经仔细推敲而知，并不是，因为这几个意义和"而止"连不上。那么"曳然而止"是什么意思呢？是"戛然而止"的误写。

本来一个错别字无损于"纵贯线"Super Band 天团的成就与

声名，但是由此可见，一知半解甚至不知不解地人云亦云似乎已经是绝大部分人用字遣词的习惯；甚至连现当代的游唱诗人（创作歌手）——也不能自免了。其情如此：当我不明白自己说的是什么的时候，人们却好像都明白我说的是什么，我也就跟着觉得我已经明白自己说了些什么。

"戛"这个字，在张宜那巴掌大的小字典里就有，大字典里的解释更详尽，原本指的是一种长柄的矛，矛尖分叉，略同于戟。之所以写成这样，是因为从"首"、从"戈"，上边的"百"是省略的简笔。由于是兵器，也有"考击""轻打"的意思。在古语中，这个字发声短促，大约吻合于敲击兵刃所发出的声音。所以到了唐、宋之时，白居易和苏轼的文章里面，就用以形容声音，形容短音用"戛"，形容长音用"戛"，形容声音忽然爆出而迅速停止也用"戛"。"戛"，一个在声句中表现特出而具有收束性质的音。

不过，基于对文字长期演化趋势的理解，我相信"纵贯线"Super Band 的威力强大，影响可观，说不定就从这一首《亡命之徒》开始，人们发现"曳然而止"比较好写，也能够表达一种"在蒙昧无知的状态中模模糊糊消失"的感觉，那么这个"曳然而止"说不定就此完全取代了"戛然而止"，成为一个新铸而流传广远的四字成语。

我们都有"不知不觉、居然用字"的时候，查字典的行为不知何时会"曳然而止"。

附

家人与我

四年孝班　张容

我们家有博学的爸爸、能干的妈妈、好玩的妹妹和爱发呆的我。每个人都有自己的喜好，像爸爸喜欢写古诗、看古书，妈妈喜欢园艺和看音乐表演，妹妹只要一有空就会跑进玩具间玩"开店"，至于我，最喜欢的就是——发呆，以及各种运动。

平日我和家人相处的时间主要是晚上，所以我们的晚餐总是吃很久，全家人可以天南地北地聊。假日的时候我们一起去打篮球、打乒乓球或者是去游泳，偶尔也会去郊外散步，而我最喜欢的就是在外面吃饭，因为可以吃到跟平常不一样的东西。像日本料理、法式西餐和意大利菜，都是我喜欢的。我们会讨论各家餐厅的好坏，就像美食家一样。

我们一家都喜欢看书，也喜欢创作。有一次我们四个人完成了一本小书，那是我的暑假作业，我负责故事和绘图，妈妈是编辑，爸爸当美工，而妹妹是"特别协力"——她画自己。全家完成了《妹妹爱学我》这本书，这是我和家人一起、同心协力制作的小书，所以我永远难忘。

家人既是我的同伴，也是我的老师。他们总是时时刻刻地陪着我、支持我、鼓励我，所以我很爱我的家人，希望我们能一直幸福、快乐地在一起。

2009 年 3 月 15 日

戛

[篆书]

戛击鸣球。——《书·益稷》

"戛"这个字，原本指的是一种长柄的矛，矛尖分叉，略同于戟。由于是兵器，也有"考击""轻打"的意思。

87

稚

我有时会感叹孩子幼稚，孩子不是长大了吗？怎么还那么幼稚呢？扭头一想，孩子又怎么能不幼稚呢？初生的禾苗、短尾的禽鸟组成了"稚"字。而"稚"的异体字"穉"或"穉"都从"犀"声，这个声符有延迟的意思——迟熟也。我们不急，成长总是一步三徘徊的。

"小时候练字积下的毛病，老来会回头找上你。"我的姑父、书法家欧阳中石先生有一次这么跟我说。

初听这话觉得有趣，记下来了，却不能体会。十七年后，我为过世的父亲抄了一部《地藏菩萨本愿经》，在大殓之前放入棺木之中。一共两万一千多字的经文，用两寸方圆的褚体正楷书之，原非难事。但是必须将就火化时程，我只有五天的时间可以毕其工，只得大致规划了每天的进度，便没日没夜地振笔写去。写到第三天上，奇怪的事情发生了。明明写的是褚遂良，毫尖落纸，无论想要怎么控制，笔画一流动，却总写成了柳公权的《玄秘塔》和《皇英曲》——那是我小学时代习字的范帖。

再写过三两千字，连柳也不柳了，只觉得手中的"管城子"重可千钧，就是不听使唤。再一看写出来的字，真有如初学八法之生疏窳〔yǔ〕陋，这时我才想起姑父的话来。固然道教经典里有说："去老反稚，可得长生"，教人不要尽顾累积智慧，丧失元神；可是不期而然且难以控制地在转瞬之间发现自己像个蒙童一样，堪称"不会写字"了，一时间的恐慌焦躁可想而知。在那个当下，我却没有余裕可以稍事放松喘息，只能硬头皮、继续写下去，直觉一支笔看似在手，实则不在手。就这样，直写到最后一天，笔墨才又渐渐回过神来。

每当回忆起抄经这事，我总会觉得是父亲在冥冥中助我。一个临去的灵魂，给我一次在不经意间亲历"熟后生"的锻炼——这的确是家传的老话了——语出董其昌《画禅室随笔·画旨》："画与字各有门庭，字可生，画不可不熟。字须熟后生，画须熟外熟。"

在董其昌那里，字之求其生，是要一洗"临摹既久，全得形似"的老烂与俗套，摆落成法，自出机杼。清代书论家钱泳的看法更大胆，他认为以圆笔构形的篆书才"有义理"——也就是字形的变化能够曲尽字义的原则；于是钱泳说："隶书生于篆书，而实是篆书之不肖子"，而真书（楷书）又是隶书的"不肖子"，行书、草书自不待言，"其不肖，更甚于乃祖乃父。"

钱泳的论证之一，就是孩童的书写。"试以四五岁童子，令之握管，则笔笔是史籀〔zhòu〕遗文。"这话开拓了一种全新的美学思路，他比董其昌更加激进地揭橥〔zhū〕了二王这一大传统之外的美学可能：回到不会写、写不好、写不熟的童子笔下，可能正是中国字创发之初的美感状态——"是其天真，本具古法"。换言之，钱泳显然以为，应该回到隶书、碑书、楷书以前的中国书法，书家反而要以小孩子初学写字的生稚、自然为依归，为旨趣，也就是苏东坡所谓的"天真烂漫是吾师"了。

可叹的是，打从那一次抄经的经验以后，无论我再怎么努力写，都写不出当时的孩子气来。那看起来生稚得近乎粗劣的几千个字，成了灰烬，随父亲的形骸还诸天地无名之处。

稚

穉

[异体字]

稺

[异体字]

稚三楷书字为异体互通，
稚之甲金文别开生面

去老反稚，可得长生。——《太平经圣君秘旨》

初生的禾苗、短尾的禽鸟组成了"稚"字。而"稚"的异体
字"穉"或"稺"都从"犀"声，这个声符有延迟的意思——
迟熟也。我们不急，成长总是一步三徘徊的。

88

笨

　　张容问我："为什么'笨'要写成这个样子？"

　　这是一个包含了很多疑惑的问题。为什么"笨"有一个竹字头？为什么"笨"要有一个木的根（本）？一个"竹"、一个"本"，跟人聪明不聪明有什么关系？

　　明代的陈继儒，号眉公，是与董其昌齐名的书画家，他所写的札记《枕谭》有这么一则，是借着朱熹骂诸葛亮而反骂朱熹的："笨，音奔，去声。粗率也，《晋书》豫章太守史畴肥大，时或目为'笨伯'。《宋书·王微传》亦有'粗笨'之语。《朱子语录》云：'诸葛亮只是笨。'不知笨字，乃书作'盆'，而以音发之。噫！诸葛岂笨者耶？字尚不识，而欲讥评诸葛乎？"

　　诸葛亮是胡适之所谓"箭垛式的人物"，千古以下，犹集物议，多是论者要攀着这份热闹出头而已，是以斥诸葛亮之笨者恐怕不比称诸葛亮之智者少。当初司马懿就曾经以"孔明食少事烦，岂能久乎？"而采取了耗敌的长期战略。魏延主张以两军分出斜谷、子午谷夹取长安的计策，也在"诸葛一生惟谨慎"的顾虑之下胎死腹中。后世更不断地出现种种考评，谓诸葛亮自成党羽，诛伐异端，隳〔huī〕颓了西蜀的统一大业。

我非三国迷，不迷即不便为古人操心。我所好奇的是陈继儒以为朱熹"连字都不认识"这句话对吗？以陈继儒所见，朱熹骂诸葛亮而用"盆"代"笨"，有没有说法？

在《周礼》和《礼记》所记录并批注的"盆"，不是盛血就是盛水，按诸古字书《急就篇》所载，盆和缶是同一类的两种盛水之器，缶（即盎）是"大腹而敛口"，盆则是"敛底而宽上"。较诸许多形制繁复、装饰和用途都比较多样的器皿来说，的确简单得多。那么，用"盆"以代"笨"，会不会也有声言其粗疏，而非指责其愚蠢的意思呢？

"笨"这个字与"愚蠢"相提并论其实不无可疑。它原来是用以表述"竹白"的一个字。段玉裁在注解《说文》的时候声称：竹子的内质色白，像纸一样，相较于竹的其他部位，又薄又脆，不能制作器物，实在没有什么用处。那么，让我们回头看看陈继儒所引的文字，那是出自《晋书·羊聃传》。原文是将昏庸无用的史畴与另外三个看来也没什么好风评的人物连缀起来，时人称为"四伯"——另外还有一个食量极大的大鸿胪（国际事务官）江泉，被呼为"谷伯"，一个狡猾成性的散骑郎张嶷〔yí〕是"猾伯"，至于传主羊聃，因为个性狠戾而被呼为"琐伯"（琐，原意为细碎，引申作人格卑劣），并且用他们和远古时代的"四凶"相比拟。

"所以，"我跟张容说，"'笨'从来不是说头脑不好，智商不足。它就是拿来轻视人没有'用处'而已。那是中国人太讲究社会上的竞争、阶级上的进取，不相信没有用处的用处，不认同没有目的的目的，所以干脆把'缺乏实际的功能'和我们最重视的'智能'画上了等号，仿佛做一件不能有现实利益的事就意味着人的智能不足了。"

"可是我并不想做一个多么有用的人呀。"

"那你可聪明了。"我说。

"为什么？"

"让我们开始读读《庄子》罢！"

笨

[篆书]

笨，竹里也，从竹本声。——《说文解字》

"笨"这个字与"愚蠢"相提并论其实不无可疑。它原来是用以表述"竹白"的一个字。"笨"从来不是说头脑不好，智商不足。它就是拿来轻视人没有"用处"而已。

89

哏

哏，音 gén，是个很年轻的字。据我大胆估计，其寿命还不到一千年，但是很可能就要死了，而且这字的死亡，还会使得另一个字多出一个新的意思来。

先就"哏"本身来看，它的本义和"很"或者"狠"是一样的，既有"过甚"之义，也有"凶恶"之义。

以"过甚"义言之，例句如此，《元典章·工部三·役使》里面有一段和今天我们所使用的大白话相去不远的文字，是这么说的："如今吃饭的人多，种田人少有，久已后哏不便当。"（见《汉语大词典》）。另外，以"凶恶"义言之，例句如此，元曲《救风尘·第三折》里有一段家暴的场面："则见他恶哏哏，摸按着无情棍，便有火性的不似你个郎君。"

在表达以上两个意义的时候，"哏"的读音与"很""狠"无别。

我们只能就现存的文献看出，"哏"字虽然拦取了"很"字和"狠"字的意义，但是并没有取而代之。"很"字还是继续维持它"过甚"的意义；而"狠"字则在"凶恶"之余，偶尔也抢着表现"过甚"之义。像在《儒林外史》《官场现形记》之类的小说里，"大胆得狠""狠有钱"之类的话屡见不鲜，我们用字人也习以为常，不把它看成错字。

读作"gén"的"哏"是元代以后才出现的俗体字，断不至于在初出现的时候就已经具备了日后所表达"有趣、滑稽以及笑点"的意义。从曲艺表现形式上可以常见，对口相声里主述搞笑的一角谓之"逗哏"，呼应衬托的一角谓之"捧哏"，"哏"这个字在北方方言里可谓"俗白得狠"，根本不是一个生字，但是到了台湾，地方文化里没有这种形式，语言中就没有这个符号，生小不听相声的孩子长大之后也许还认得 stand-up comedy 的字样，却听不懂老相声艺人或者是借由曲艺中的术语来表达"好笑""可笑"之义的"哏"字了。

人们不认识"哏"字、却又听见有人发出了这个字的字音，从上下文判读，猜想大约是"好笑""可笑"之义，于是，既不愿意当场求问，也不愿意事后查找，却满心害怕在俗用语言上落伍，想要跟着他人捕捉那个字音，并表达"好笑""可笑"之义的人该如何是好？这种人只能想象一个音近的字，并且猜测它就是原字。不过，这种情况只能诉诸个别的心理，无从风行普及，真正推广者另有其人。

以传播媒体的现况推之，我可以更大胆地估计：就是出于电视公司听写字幕的人员"无知的创造"，我们如今才会经常将该写成"哏"的字，写成了"梗"字。无知、懒惰且望文生义的不只是这些听写字幕的人员，还有上节目以及看节目的演艺人员、名嘴和传媒受众。大家不需要通过考试或学历认证，非但将"哏"误认并错写成"梗"字，还硬是使得"梗"字居然有了"好笑""可笑"之义。

然而在这件事上，我并不想卖弄文字学的知识来嘲笑无知懒惰的笨蛋，反而看见了一个活生生的、"讹字自冒为假借"的例子。以往在文字演变的历史上，我们读过许多字形相近、字音相同、字义相通，但是原本很可能只是便宜简化或一时误写，久而久之，人人从众，遂致积重难返的例子；但是我们很少能如此明显地眼看一个错字取代了正字，并且在可以轻易追踪其来历、理解其谬误的情形下，目睹所有的人宁可念错字而九死未悔——这，真是令人叹为观止！

哏

[篆书]

不应有甲金籀篆为体，

以其出自近世方言俗语

故也代以艮字

如今吃饭的人多，种田人少有，久已后哏不便当。——《元典章·工部三·役使》

大家不需要通过考试或学力认证，非但将"哏"误认并错写成"梗"字，还硬是使得"梗"字居然有了"好笑""可笑"之义。

后记 教养的滋味

　　身为一个父亲，那些曾经被孩子问起"这是什么字？"或者"这个字怎么写？"的岁月，像青春小鸟一样一去不回来。我满心以为能够提供给孩子的许多配备还来不及分发，就退藏而深锁于库房了。老实说，我怀念那转瞬即逝的许多片刻，当孩子们基于对世界的好奇、基于对我的试探，或是基于对亲子关系的倚赖和耽溺，而愿意接受教养的时候，我还真是幸福得不知如何掌握。

　　那一段时间，我写了《认得几个字》的专栏，其中的五十个字及其演释还结集成书，于二〇〇七年秋出版。美好的时日总特别显得不肯暂留，张容小学毕业了，张宜也升上了五年级。有一次我问张宜："你为什么不再问我字怎么写了？"她说："我有字典，字典知道的字比你多。"那一刻我明白了：作为一个父亲，能够将教养像礼物一样送给孩子的机会的确非常珍贵而稀少。

　　孩子学习汉字就像交朋友，不会嫌多。但是大人不见得还能体会这个道理。所以一般的教学程序总是从简单的字识起，有些字看起来构造复杂、意义丰富、解释起来曲折繁复，师长们总把这样的字留待孩子年事较长之后才编入教材，为的是怕孩子不能吸收、消化。

但是大人忘记了自己还是个孩子的时候，对于识字这件事，未必有那么畏难。因为无论字的笔画多少，都像一个个值得认识的朋友一样，内在有着无穷无尽的生命质料，一旦求取，就会出现怎么说也说不完的故事。

我还记得第一次教四个都在学习器乐的小朋友拿毛笔写字的经验。其中两个刚进小学一年级，另外两个还在幼儿园上中班，我们面前放置着五张"水写纸"——就是那种蘸水涂写之后，字迹会保留一小段时间，接着就消失了的纸张——这种纸上打好了红线九宫格，一般用来帮助初学写字的人多多练习，而不必糜费纸张。我们练写的第一个字是"声"（聲）。

拆开来看，这字有五个零件，大小不一，疏密有别，孩子并不是都能认得的。不认得没关系，因为才写上没多久，有些零件就因为纸质的缘故而消失了，乐子来了。一个比较成熟的小朋友说："这是蒸发！"

我还没来得及告诉他们："声"（聲）字在甲骨文里面是把一个"磬"字的初文（也就是"聲"字上半截的四个零件）加上一个耳朵组成；也没来得及告诉他们：这个"磬"，就是丝、竹、金、石、匏、土、革、木"八音"里面最清脆、最精致、入耳最深沉的"石音";更没来得及告诉他们：这个字在石文时代写成"左耳右言"，就是"听到了话语"的意思。

这些都没来得及说，他们纷纷兴奋地大叫："土消失了！""都消失了！""耳朵还在！"

既然耳朵还在，你总有机会送他们很多字！

图书在版编目(CIP)数据

认得几个字 / 张大春著. —— 桂林：广西师范大学出版社，
2019.11（2022.5重印）
ISBN 978-7-5598-1827-0

Ⅰ.①认… Ⅱ.①张… Ⅲ.①随笔 – 作品集 – 中国 –
当代 Ⅳ.①I267.1

中国版本图书馆CIP数据核字(2019)第110977号

本书简体中文版由作者张大春授权，内文书法由作者题写

广西师范大学出版社出版发行

> 广西桂林市五里店路 9 号　邮政编码：541004
> 网址：www.bbtpress.com

出 版 人：黄轩庄
全国新华书店经销
发行热线：010-64284815
山东韵杰文化科技有限公司　印刷

开本：880mm×1230mm　1/32
印张：12.5　字数：235千字　图片：29幅
2019年11月第1版　2022年5月第5次印刷
定价：62.00元

如发现印装质量问题，影响阅读，请与出版社发行部门联系调换。